싱잉로드

"탕!"

황량한 갯벌에 총성이 울려 퍼졌다.

옆에서 함께 달리던 조개꾼이 "헉" 소리와 함께 피를 튀기며 고꾸라졌다.

열두 살 소원의 입에서 울음이 툭 튀어나올 뻔했지만, 막둥이의 손을 더욱 꾹 잡고 앞으로 뛰어나갔다.

그러나 강기슭에서 총구를 조준하는 최 중위의 눈빛은 냉정했다.

"철컥."

그는 숨을 무겁게 참더니, 두 꼬마를 향해 다시 방아쇠를 당겼다.

"탕!"

김형균
그림소설
EDEN
HOUSE

차례

THE
SINGING
ROAD

프롤로그

"똑. 똑."

7년 전, 예고도 없이 지숙이 찾아오면서 홍 할머니의 일상은 와르르 무너져 내렸다.

"엄마……."

딸의 몰골은 초췌했고 온몸이 열로 들끓었다.

"지숙아."

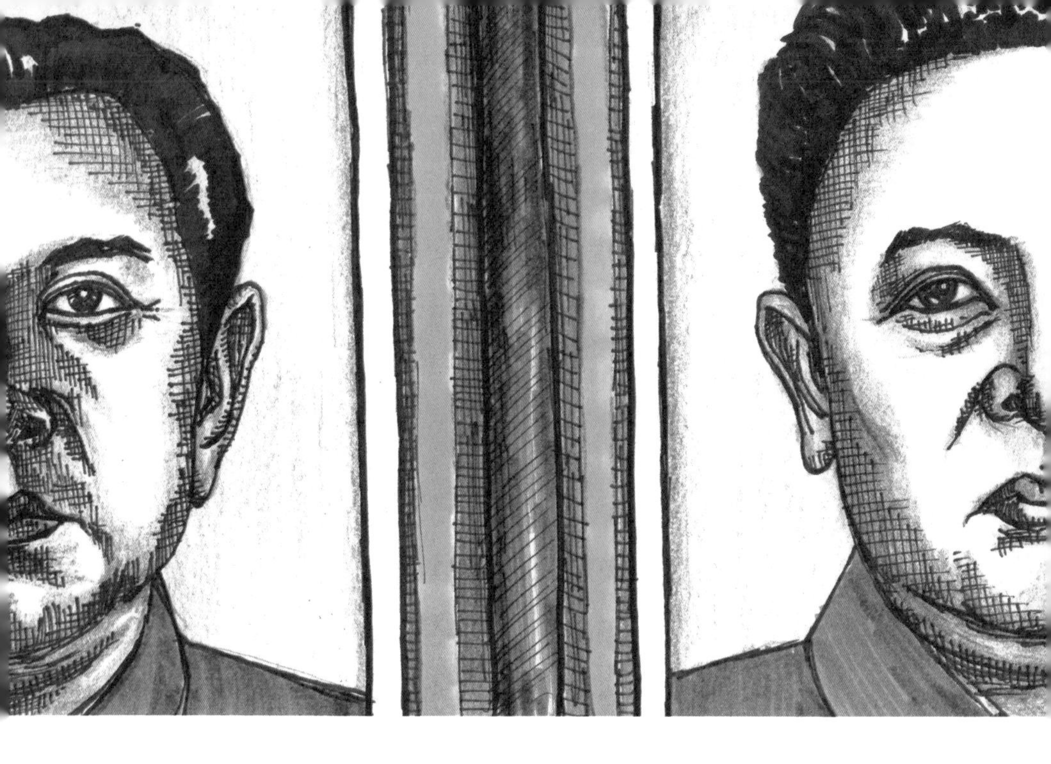

그 전까지만 해도 홍 할머니의 하루는 지극히 평범했다. 두 액자를 경건히 닦는 것으로 시작되는 아침은 그녀가 가장 아끼는 시간이었다.

국가 체제를 찬양하는 의미라기보다는 가족의 안위를 염원하는 개인적인 의식에 가까운 것이었다.

"지숙이 연락은 없었나?"

잠에서 덜 깬 강 할아버지는 아침 인사 대신 딸 지숙의 안부를 늘 먼저 묻곤 했다.

“아빠! 할아버지! 텔레비죤에 지숙 고모 나와요!”

큰아들 수남은 일찍이 결혼해서 다섯 살배기 딸 소원, 그리고 아내 미선과 함께 코 닿을 거리에 둥지를 틀어 살고 있었고 막내 지숙은 저 멀리 평양의 양각도 국제 호텔에서 근무하고 있었다.

아버지와 나란히 철도청에서 근무하는 수남은 모두가 인정하는 모범적인 아들이자 든든한 가장이었음에도 야속한 아버지는 마치 외눈박이처럼 딸 지숙만 칭송했다.

“우리 지숙이 말고 평양에서 일하는 딸래미가 또 누가 있어, 응? 두고 보라고, 동무들. 지숙이는 머지않아 당원이 될 거라구. 그게 무슨 말이겠어? 우리 집에 어엿한 당원 사윗감 하나 들어오는 건 시간문제라는 뜻이지. 즉 내 손자한테는 말이야, 순수 노동당원의 피가 흐를 거란 말이지! 허허.”

허구한 날 사람들 앞에서 떠들어 대는 아버지의 자랑질이 수남에게는 마치 바늘처럼 따갑게 느껴졌다. 그럼에도 감히 항변할 엄두는 내지 못했다.

아버지에게 지숙은 태양보다도 빛나는 존재라는 걸 알기 때문이었다.

그랬던 지숙이 날벼락을 품고 돌아온 것이다.

집에 오자마자 양수가 터졌고, 홍 할머니와 미선의 도움을 받으며 지숙은 침묵 속에서 고통을 밀어냈다. 자정이 넘었을까.

"으앙!"

홍 할머니의 두 손에 신생아가 미끄러져 나왔다. 하지만 머릿결과 피부, 그리고 이목구비는 동양인의 것이 아니었다.

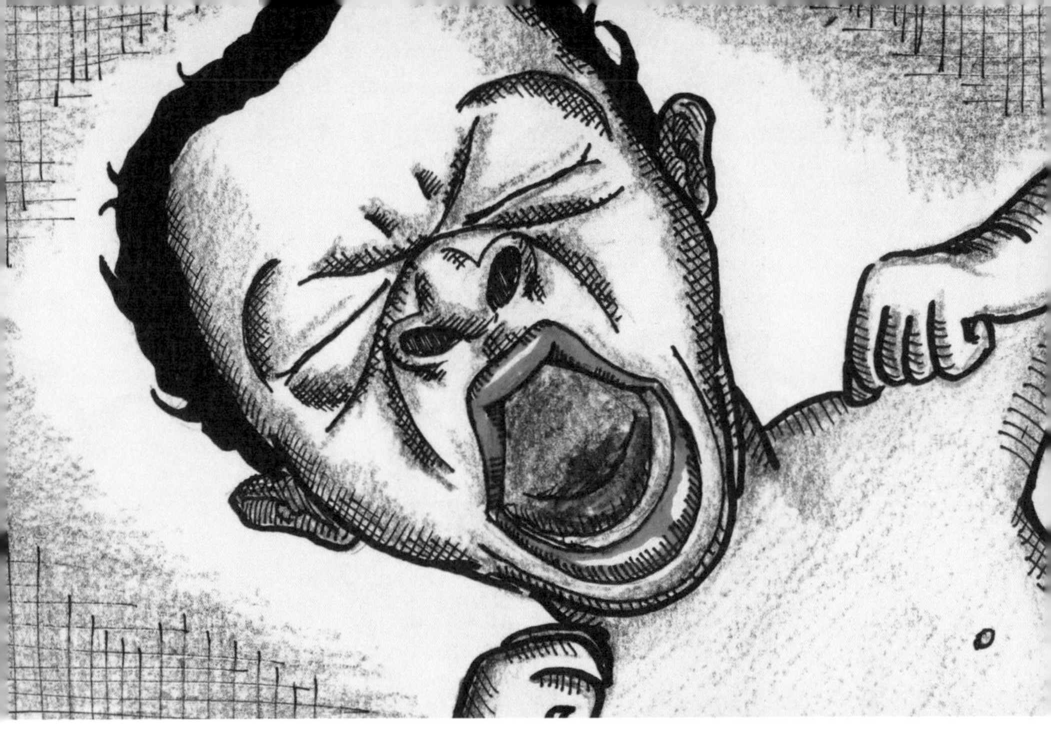

"지숙이 네가 어찌 내한테 이럴 수가 있나! 응?"

강 할아버지는 분노했다. 누군지도 모를 제 아비의 모습을 쏙 빼닮은 흑인 아기는 강 할아버지의 모든 희망을 철저히 붕괴시켰다. 그리고 그 좌절감은 몸도 성치 않은 딸을 때리는 것으로 분출되었다.

홍 할머니는 손녀와 아기가 혹여나 놀랄까, 둘만 데리고 일단 밖으로 피신했다.

"자장자장, 아가야. 꿈나라로 가려마."

"좀 들어 보세요, 아버지!"

소란 속에서 지숙은 해명을 이어 갔다. 아기의 아버지는 스티브 콜린스. 양각도 호텔에서 만난 미국인 지질학자였다. 세계 식량 기구의 일원으로 평양에 들어온 그는 체류 기간이 만료되어 떠날 수밖에 없었지만, 지숙과 아기를 데리러 꼭 돌아올 거라고 약속했다.

그 순진한 해명에 강 할아버지의 주먹이 다시 앞섰다. 그러나 이번엔 수남이 척 막아섰다.

"그만 좀 하십쇼, 이제!"

그때 밖에서 "쿠아앙!" 하고 엔진음이 들려왔다.

“끼이익!”

아파트 앞에 군용 트럭 두 대가 도착했다. 숨어서 지켜보던 홍 할머니의 심장이 철렁 내려앉았다.

“아이구야, 안 된다.”

그런 줄도 모르고 집 안에서는 수남이 켜켜이 쌓인 것들을 토해 내고 있었다.

“왜 아버지는 도대체 당신밖에 못 보는 거요? 네?”

그때 문을 쾅 부수며 보위부가 구름 떼같이 들이닥쳤다.

“강지숙 동무? 양각도 호텔에서 보고 받고 왔소.”

하철용 과장은 이미 모든 것을 알고 있다는 태연한 표정으로 씨익 미소를 지었다. 그의 손짓 하나에 물건과 사람 구분할 것 없이 전부 끌려 나갔다.

“소원 엄마!”

“여보!”

어린 소원은 엄마와 아빠가 짐짝처럼 트럭에 실리는 모습을 생생히 보았다.

"헉."

위기의 순간 홍 할머니가 숨소리조차 내지 못하도록 입을 틀어막았고, 그들은 끝내 발각되지 않았다.

“부아앙!”

우람한 바퀴들이 뿌연 연기를 흩날리며 밤공기 속으로 사라졌다. 가장 나약한 존재들만 그렇게 딸랑 남겨 둔 채.

"할머니, 우는 거야요?"

THE SINGING ROAD

THE
SINGING
ROAD

1장 막둥이

물 빠진 갯벌은 질퍽한 속살을 훤히 드러냈다.

홍 할머니는 미끄러운 진흙 속에 거북이처럼 쪼그리고 앉아 조개를 파냈다. 7년 전보다 단단해진 그녀의 얼굴에는 주름이 움푹 패였으며, 두 귓구멍에는 돌돌 말린 신문 쪼가리가 꽂혀 있었다. 갯벌 건너편의 대형 확성기에서 터져 나오는 남한 여성의 발랄한 음성을 차단시키기 위해 고안한 가장 저렴한 방법이었다.

"21세기를 눈앞에 둔 지금, 자랑스런 대한민국의 기업들은 세계 진출에 박차를 가하고 있는데요."

그때, "삐익" 하고 허공을 가르는 호각 소리가 들려왔다. 갯벌 사방에 퍼져 있던 조개꾼들이 하나둘 시선을 휙휙 돌렸다. 강기슭에서는 아직 소년티를 벗지 못한 리 초급병사가 깃발을 열심히 흔들며 밖으로 나오라는 신호를 보내고 있었다.

발가락 사이로 물이 뱀처럼 차오르는 줄도 모르고 홍 할머니는 바구니 속에 조개들만 계속 채워 넣었다. 마침 뒤에서 툭 하고 누군가 그녀의 어깨를 건드렸다. 그제야 햇살에 인상을 찌푸리며 올려다보니 조개꾼들 중 그나마 친분이 있는 박 할머니였다.

시멘트처럼 굳어 버린 허리를 고통스레 펴는 홍 할머니에게 박 할머니가 나지막이 속삭였다.

"그 소식 들었어?"

홍 할머니는 늘 그렇듯 아무 말이 없었다. 그저 귓속의 신문지를 빼내며 박 할머니를 멀뚱히 쳐다만 볼 뿐이었다.

"방씨 할매도 잡혀갔대 글쎄. 아들이 강을 건넜다지 뭐니."

"삐이익!" 리 초급병사의 매서운 다그침에 두 할머니들은 총총걸음으로 뻘을 뛰어나왔다.

"총 열세 명. 이상 없습니다."

리 초급병사의 각 잡힌 인원 보고에 허름한 초소에서 최 중위가 하품을 쩍쩍 하며 걸어 나왔다. 표정에서부터 느껴지는 나태함은 늘어난 뱃살과 홀라당 벗겨지기 직전인 앞머리와 똑 닮아 있었다.

조개 바구니를 내보이며 나란히 서 있는 조개꾼들 앞에서 최 중위는 목을 가다듬더니 걸걸하게 입을 열었다.

"에…… 오늘도 수고 많았어요, 동무들. 매일같이 얘기하는 거지만 이렇게 동무들을 뻘에 몰래 들어가게 해 주는 사실을 위에서 알아차리기라도 하는 날에는 내 모가지가 당일부로 날라가 버릴 거요. 그런 나의 노고를 인정해 주는 동무들의 열렬한 성화에 못 이겨, 에…… 약간의 성의만 조금씩 받아 가도록 하겠습니다."

첫 번째 조개꾼의 바구니 속으로 최 중위의 두터운 두 손이 불쑥 들어갔다. 반 이상을 듬뿍 긁어내더니 리 초급병사가 펼치고 있는 자루 속에 그대로 쏟아냈다. 다음은 박 할머니의 차례. 역시 절반을 포크레인처럼 퍼 날랐다. 그러나 모두 미간만 슬쩍 찌푸릴 뿐, 아무도 대놓고 싫은 내색을 보이지는 못했다.

"오호라!"

홍 할머니의 바구니 앞에 선 최 중위의 표정이 더욱 밝아졌다.

"역시! 홍씨 할매는 매일같이 1등이시구먼그래, 응?"

양손 한가득 퍼 나르는 걸 눈앞에서 지켜보면서도 홍 할머니는 무표정을 유지했다. 이 정도의 착취는 그녀에게 별일도 아니었다. 절망적 기분을 아는지 모르는지 최 중위는 진흙이 잔뜩 묻은 손을 리 초급병사의 군복에 쓰윽 닦으며 조개꾼들을 향해 다시 온화하게 입을 열었다.

"에…… 오늘도 고난의 행군에 생산적으로 임하시오들. 자, 모두 해산."

"원수님은 우리의 아버지. 당은 우리의 집. 우리는 모두 친형제."

두꺼운 안경 속에서 깜박이는 리 교사의 두 눈이 유독 작아 보였다. 그래도 그녀의 수준급 아코디언 연주와 노랫소리는 참으로 경쾌했다.

음악에 잔뜩 심취한 리 교사와 달리 몇 안 되는 학생들은 꾸벅꾸벅 졸거나 딴청 중이었다.

눈에 제일 띄는 코 후비개는 별명답게 콧구멍을 깊이 후벼 파느라 여념이 없었고, 옆줄의 영란이는 무슨 맛있는 상상이라도 하는지 허공을 향해 꿀꺽 침을 자꾸 삼켜 댔다.

영란이와 나란히 앉아 있는 짝꿍 소원의 눈빛은 그중 가장 초롱초롱 빛났다. 7년의 세월이 흘러 열두 살 말괄량이 소녀가 된 그녀의 발그레한 볼에 화사한 햇빛이 촉촉히 감돌고 있었다.

리 교사의 노래를 따라 부르는 시늉을 하며 소원은 책상에 뭔가를 슬쩍 적었다. 짝꿍 영란이를 툭 치며 보라고 하자 멍하기만 하던 표정이 순식간에 살아났다. 삐뚤빼뚤한 글씨로 소원이 써 놓은 문구는 "뒷산에 메뚜기 떼 출몰!"

코 후비개도 옆에서 힐끔 보더니 좋다고 킥킥거렸다. 심심하고 허기지던 찰나에 참으로 반가운 소식이 아닐 수 없었다.

봄기운으로 얼룩진 뒷산은 파릇파릇했다. 소원은 초록의 풀밭 위에 엎드려 메뚜기 사냥에 여념이 없었다. 피는 못 속이는지라 홍 할머니가 조개 잡을 때의 모습과 영락없이 똑 닮아 있었다.

반면, 영란과 코 후비개는 엎드린 채로 그저 수다 삼매경 중이었다.

"니들 그거 아나? 금순이도 교실에서 졸기 시작한 거?"

영란의 물음에 코 후비개가 침을 튀기며 대꾸했다.

"맞아! 근데 길태랑 남숙이 기억나지? 걔들도 지난주에 집에서 죽었다는데?"

"응. 울 엄마 말로는 영남이도 죽었다더라. 다들 교실에서 졸고 나서 그렇게 된 거래."

영란의 괴담에 문득 겁이 났는지, 코 후비개가 콧구멍을 다시 만지작거렸다.

"돼거. 교실에서 절대 졸면 안 되겠구나야."

"응, 절대 안 되지. 아마도 수령님이 수업 시간에 조는 놈들만 벌하시는 거 같아."

코 후비개는 잠시 생각하더니 버럭 소리를 냈다.

"에이, 아니야! 우리 수령님께서 마음씨가 얼마나 고우신대!"

그때, 뒤에서 소원이가 못 참겠다는 듯 끼어들었다.

"메뚜기 안 잡나, 니들? 시끄러워서 다 도망가겠다야."

그 와중에도 소원이는 또 한 마리를 확 낚아챘다. 코 후비개는 도무지 이해가 안 되는지 갸웃하며 다가왔다.

"어째 메뚜기들이 다 소원이 니 쪽에만 몰려 있는 거 같아?"

"칫."

소원은 가소롭다는 듯 붉은 스카프 속에 새 사냥감을 말없이 집어넣었다. 그 안에서 우글거리는 메뚜기 떼를 보더니 영란이 혀를 내둘렀다.

"돼거. 니는 커서 사냥꾼 하면 수령님이 참으로 좋아하시겠다야."

"사냥꾼은 무슨. 난 장사꾼 할 거거든. 장마당에서."

메뚜기들로 불룩해진 스카프를 들여다보는 소원의 눈빛이 총기 있게 반짝였다.

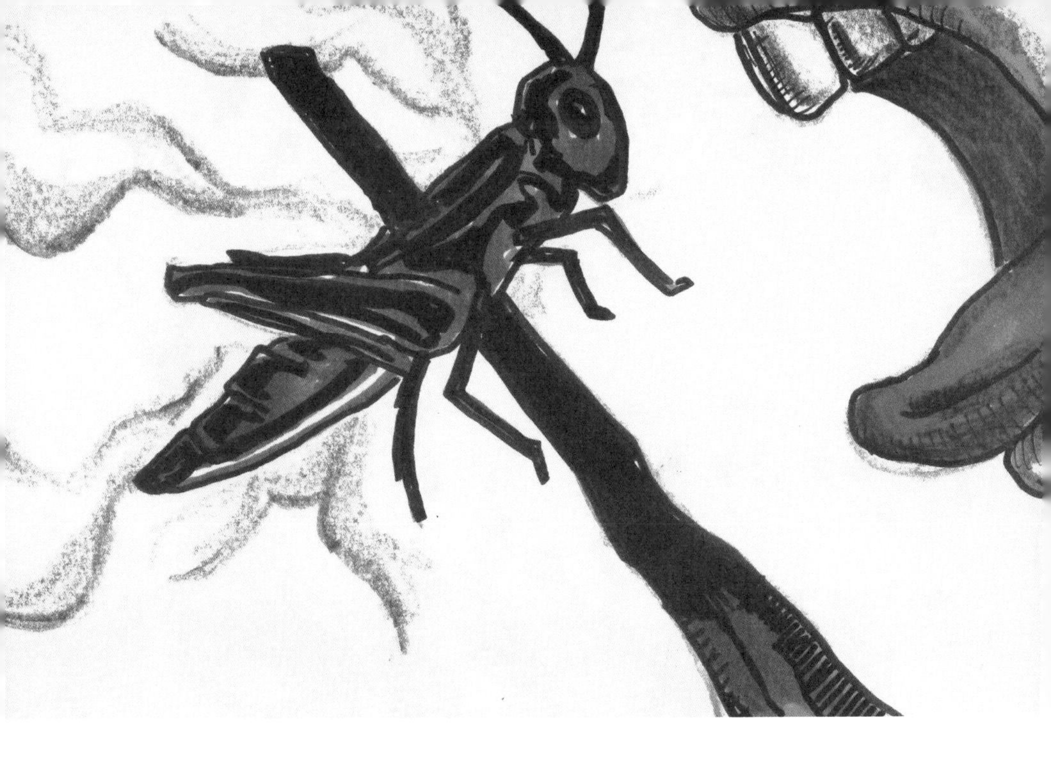

작은 모닥불 위에서 메뚜기들은 참도 잘 튀겨졌다. 나뭇가지에 하나씩 꽂은 채로 아이들은 바삭한 고소함을 세상 부럼 없이 즐겼다. 그러나 먹어도 먹어도 턱없이 부족하기만 했다. 입 주위가 시커멓게 번진 코 후비개와 영란은 소원의 눈치를 슬쩍 봤다.

"하나만 더 주면 칭찬받을 텐데?"

하지만 코 후비개의 애교가 먹힐 리 없었다. 들은 척도 않는 소원이 메뚜기구이로 꽉 찬 붉은 스카프를 묶기 시작하자, 영란은 섭섭한 듯 날을 세웠다.

"야! 혼자만 다 먹으면 개인주의라 그랬어. 다 같이 나눠 먹어야지."

그럼에도 아랑곳 않고 소원은 메뚜기 뭉치를 보물처럼 다루며 일어섰다.

“누가 혼자 먹는다니? 같이 먹을 사람 따로 있어. 그리고 내 건데 내 맘이지!”

소원은 그렇게 휙 뒤돌았다가 움찔했다.

언제 왔는지 꽃제비 꼬마 다섯 명이 건들건들 위협적으로 길을 막고 서 있었다. 제각기 어른들의 옷가지를 흘러내릴 듯 걸치고 있는 이들의 우두머리는 열세 살 철이였다. 체구만 작았지 담배를 뻑뻑 피우고 있는 모습에는 불량기가 철철 넘쳤다.

"소원아, 그럼 내일 보자."

코 후비개가 치사하게 먼저 일어서자, 덩달아 영란도 따라나섰다.

"아, 맞다. 나도 엄마 일 도와야 하지 뭐니."

소원은 비겁한 친구들의 뒤꽁무니를 째려봤다. 그러나 혼자서도 여전히 씩씩했다.

"비키라! 내 늦었다."

당차게 말하는 소원의 얼굴에 철이는 매캐한 담배 연기를 "후우" 하고 불어 댔다.

"아우, 꼬랑내! 니는 양치질이 뭔지도 모르나?"

소원의 용감한 도발에 꽃제비들이 킥킥거렸다. 철이도 같이 씨익 웃다가 갑자기 소원에게 주먹을 날렸다. 퍽!

"으아앙!"

울음을 터뜨리며 걷는 소원의 코에는 마른 피가 덕지덕지 묻어 있었다. 싸움에서 진 것도 속상한데 메뚜기까지 몽땅 빼앗겨 버린 터라 그저 분하고 원통했다. 그녀의 울분을 대변하기라도 하듯 텅 빈 스카프가 사납게 나풀거렸다.

홍 할머니는 멀건 조개죽 한 사발 값으로 동전, 옥수수, 신발 한 짝 등 되팔 수 있는 건 다 받았다. 손맛이 워낙 좋기로 유명해서 그런지 간단한 조개죽인데도 꽤나 반응이 좋았다. 덕분에 허리에서 덜렁거리는 돈주머니는 늘 잡동사니로 빵빵했다.

늦은 오후, 허기를 면해 볼까 몰려든 손님들로 한창 바쁠 시간에 하필 소원이가 찾아왔다. 홍 할머니는 나날이 영악해지는 손녀딸의 심리를 훤히 꿰뚫고 있으면서도 무심한 태도로 일관했다.

“할머니.”

홍 할머니는 손님에게 조개죽 한 사발을 건네며 소원을 외면했다.

“할머니, 내 봐라. 꽃제비 새끼들이 나 막 때리고 메뚜기도 다 가져갔다니까?”

소원이 맞았다는 말에서야 홍 할머니는 손녀딸의 얼굴을 힐끗 살폈다. 그러고는 손수건에 침을 묻혀 피딱지들을 떼어 냈다.

“이거나 먹고 날래 집에 가.”

조개죽 한 그릇을 무뚝뚝이 건넸지만 소원이는 이를 거부했다.

"조개죽 싫어."

"그럼 뭐 어쩌라고?"

"메뚜기."

"메뚜기 뭐."

"메뚜기 팔지 않나? 장마당에 가면?"

홍 할머니는 손녀딸의 의도를 일찌감치 간파하고 있었다. 조개죽이 끓여지는 솥 뒤로 분주한 장마당 입구가 보였는데, 소원의 서러운 두 눈은 그쪽만 줄곳 응시하고 있었다.

“얘가 또 시작이라? 죽이나 먹고 가라! 날래!”

그 순간, 소원은 홧김에 그릇을 휙 밀쳐 냈다. 조개죽은 철퍼덕 바닥에 쏟아졌고 동시에 소원의 고함도 불끈 튀어나왔다.

"왜 안 되냐고! 왜 난 장마당에 가면 안 되는데! 영란이는 맨날 간단 말이야!"

참다못한 홍 할머니는 소원의 엉덩이를 철썩철썩 세차게 갈겼다.

"쳇, 하나도 안 아파! 할머니는 내가 싫어 죽겠지? 막둥이만 좋아하고!"

그 순간, 소원의 입에서 튀어나온 막둥이라는 단어에 홍 할머니가 새파랗게 당황하며 주변의 눈치를 살폈다.

"니 도저히 안 되겠다야. 일루 와! 안 와?"

그러나 소원은 저만치 떨어져 계속 씩씩댔다.

"할머니, 미워! 밉다고!"

"저 썩을……."

저만치 멀어지는 손녀딸을 한참 흘기다가 지친 기색으로 돌아서자 솥에서 조개죽을 사발로 마구 퍼먹는 치들이 눈에 들어왔다.

"떼끼! 이놈들아!"

사내들은 홍 할머니의 손아귀를 요리조리 피해 헤죽거리며 장마당으로 타다닥 도망쳤다.

집으로 돌아오는 소원의 발걸음은 털썩털썩 무거웠다.

“하아…….”

작은 입에서 나오는 한숨 소리는 옆 동네에서도 들릴 만큼 깊었다.

한편, 사각 창문을 통해 웬 곱슬머리 꼬마가 소원의 도착을 조용히 반기고 있었다. 그의 들뜬 뒷모습은 주인을 본 강아지처럼 살랑살랑거렸다.

소원이 현관문을 열고 들어오는 순간, 천장의 작은 다락문에서 천진난만한 목소리가 새어 나왔다.

"누나, 이제 와?"

소원은 대꾸도 없이 신발을 허공에다 휙휙 벗어 던지더니 그대로 바닥에 누웠다.

“하아…… 되는 일이 이래 없나.”

그러자 다락 속 꼬마도 똑같이 소원을 따라 했다.

“하아…… 되는 일이 이래 없나.”

“시끄럽다. 내 니랑 놀 기분 아니야, 지금.”

소원의 짜증에도 귀여운 목소리가 계속해서 흘러나왔다.

“시끄럽다. 내 니랑 놀 기분 아니야, 지금.”

결국 소원이 버럭 화를 냈다.

“안 꺼내 준다, 니!”

그 말에 앵무새 놀이도 갑자기 뚝 멈췄다.

잠깐의 고요 끝에 꼬마가 조심스레 물었다.

"메뚜기는 많이 잡았어, 누나?"

그 말에 다시 분통이 터지는지 소원이 짜증스레 답했다.

"다 뺐겼지, 뭐. 꽃제비 아새끼들한테."

"꽃제비 아새끼들이 또?"

"응. 싸웠는데 젠장, 맞아서 코피도 났지 뭐야."

잠시 생각하더니 이내 꼬마가 다시 말했다.

"내가 그놈들 다 패 줄게."

그제야 소원의 입가에 피식 옅은 미소가 번졌다.

"니가 무슨 수로. 다섯 놈이나 되는데."

"내 싸움 잘해, 누나. 꿈속에서 많이 싸워 봤거든."

막둥이의 순진하고 귀여운 허세에 그나마 위로가 되었는지 소원이는 서서히 잠이 솔솔 들었다.

벽면에 걸린 두 초상화들은 7년 전과 달리 먼지투성이었다. “쿵! 쾅!” 다락에서 시작된 뜀박질에 액자 위 이물질들도 툭툭 아래로 떨어졌다.

"쿵! 쾅! 쿵!"

작은 다락 공간에서 막둥이는 사촌 누나 소원이를 지켜 주기 위한 싸움 연습에 한창 몰두 중이었다. 앞과 뒤, 위와 아래로 두 주먹을 쓱! 싹! 휘두르더니 상상 속의 꽃제비들을 모두 물리친 그는 두 팔을 번쩍 들어 올려 승리를 자축했다.

7년 전, 환영받지 못하고 세상에 태어났던 지숙의 혼혈 아기는 이렇게 개구쟁이 막둥이로 건강하게 자라났다.

할머니와 누나가 집에 없는 동안 다락에 갇혀 숨죽인 채 지내 온 막둥이였지만 까무잡잡하고 선한 표정은 그 누구보다 밝았다.

이른 아침, 북적여야 하는 학교는 갈수록 활기를 잃어 가고 있었다.

“야, 니들 그거 아나? 금순이도 죽었대!”

코 후비개가 교실로 뛰어 들어오면서 외치자 소원과 영란은 익숙한 듯 일상적으로 반응했다.

“거봐라. 교실에서 졸면 수령님이 벌하신다니까? 벌써 몇 명째라 이게?”

영란의 푸념에 코 후비개가 대뜸 반박했다.

“니, 내기할래? 수령님이 아니라 선생님이 죽이는 거라니까?”

소원이는 친구들의 끝도 없는 논쟁에 별 관심이 없었다. 고개를 돌려 창문을 보니 오늘따라 하늘이 더욱 우중충하게 느껴졌다.

'하지만 장마당은 다르지 않을까?'

소원은 속으로 생각했다. 이런 꿀꿀한 날에도 그곳에 가면 왠지 재밌을 것만 같았다. 신기한 물건도 많을 거고, 뭐든지 팔면 돈도 벌 수 있을 테니까.

그때, 리 교사가 교실로 들어왔다. 소원이 벌떡 일어나 예의를 갖췄다.

"차렷! 열중쉬어! 항상 준비!"

"항상 준비!"

몇 안 되는 학생들의 각 잡힌 인사에 리 교사는 조례를 시작했다.

“동무들, 많이 힘들지? 그래도 이 고난의 행군에 우리 모두가 함께 동참하고 있다는 사실 잊지 말고, 아침은 꼭 잘 챙겨 먹도록 해. 저녁 먹을 때까지는 너무 뛰어놀지들 말고. 알았지?”

“예…….”

아이들이 건성으로 대답했다.

“자, 오늘은 반가운 소식이 하나 있어.”

리 교사의 뜻밖의 공지에 소원도 집중했다.

“내일이 무슨 날이지?”

“수령님 탄신일입니다!”

아이들의 목소리에 기대감이 새록새록 묻어났다.

"그래, 옳지. 영광스러운 날을 기념하기 위해서 내일 전 학급 노래자랑을 열기로 했어. 그러니까 오늘 집에 가서 각자 노래 한 곡씩 준비하도록 해."

소원은 그새를 못 참고 손을 번쩍 들어 올렸다.

"응, 소원이."

"상은 없습니까?"

그러자 리 교사가 피식 웃으며 답했다.

"암, 있고말고. 1등부터 3등까지 학생들은 특별히 수령님께서 하달하신 연필 한 자루와 사탕 한 봉지를 상으로 받을 거야. 어때, 좋지?"

"우아! 연필에다 사탕까지?"

코 후비개와 영란은 감탄사를 절로 내뱉었다가 스스로 가망이 없음을 직감했는지 한숨부터 내쉬었다.

그러나 소원은 달랐다. 어여쁜 두 눈에 다시 의지가 차올랐다. 그러고는 알 수 없는 미소를 피식 지어 보였다.

그날 저녁, 촛불로 환히 밝아진 소원의 집은 노랫소리로 시끄러웠다.

"나의 살던 고향은 꽃피는 산골!"

하지만 목청껏 질러 대는 소원의 음색은 영 들어 주기가 힘들었다.

"복숭화꽃, 살구꽃, 아기 진달래!"

안 그래도 정신 사나운데 다락에서 누나를 그대로 흉내 내는 막둥이의 목소리가 돌림 노래처럼 이어서 따라붙었다.

"복숭화꽃, 살구꽃, 아기 진달래!"

부엌에서 한참 조개죽을 푸던 홍 할머니는 손주들의 산만한 합창에 인상이 잔뜩 구겨졌다.

“그 속에서 놀던 때가 그립습니다!”

“그 속에서 놀던 때가 그립습니다!”

노래가 미처 다 끝나기도 전에 소원은 천장을 향해 버럭 소리를 질렀다.

“야! 내 조용하라고 했지!”

막둥이는 소원의 고함조차 즐겁다는 듯이 따라 외쳤다.

“야! 내 조용하라고 했지!”

"막둥이 니 진짜!"

"막둥이 니 진짜!"

쟁반에 죽 세 그릇을 담아 온 홍 할머니가 짜증 섞인 투로 끼어들었다.

"막둥이 이제 꺼내 주라. 배고프겠다."

소원은 마지못해 구석에서 서랍장을 당겨 오더니, 익숙하게 그 위를 밟고 올라가 다락문으로 손을 뻗었다. 문고리에 끼워진 나무 막대를 쑤욱 뽑자 사각문이 위로 들렸다.

들춰진 문 사이로 막둥이가 고개를 빼꼼 내밀었다.

"까꿍!"

"우리 막둥이 힘들었지? 날래 내려와서 죽 먹자."

그 말에 막둥이는 사뿐히 서랍장을 밟고 펄쩍 바닥으로 뛰어내렸다. 능숙하게 착지한 혼혈 꼬마는 제일 먼저 할머니를 끌어안았다. 그런 다음 소원이를 안아 주려는데, 누나는 "윽" 하며 그를 밀어냈다. 격한 거부에도 막둥이는 귀엽게 몸을 흔들었다.

"죽이다, 죽!"

둘러앉은 세 식구는 각자 그릇을 앞에 두고서 저녁 식사를 시작했다. 매일 먹는 죽인데도 뭐가 그렇게 맛있는지 막둥이는 벌컥벌컥 들이마셨다. 홍 할머니는 그런 손자의 곱슬머리를 옆에서 말없이 어루만져 줄 뿐이었다. 반면, 소원은 그릇에 입도 대지 않고 멀뚱히 앉아 있었다.

"또 뭐이 불만이라?"

홍 할머니가 먼저 쏘아붙였다.

"돼거, 할머니는 조개로 이거밖에 못 만드나?"

"막둥이 좀 봐라. 얼마나 잘 먹나."

할머니의 칭찬에 소원이는 더욱 심통이 났다.

"얜 정상이 아니라서 그렇지!"

그러자 막둥이의 앵무새 놀이가 또다시 시작됐다.

"얜 정상이 아니라 그렇지! 근데 정상이가 뭐야, 누나?"

보다 못한 홍 할머니는 소원의 건드리지도 않은 죽 그릇을 빼앗아 막둥이에게 휙 건넸다.

"소원이, 니 오늘은 저녁 없다. 막둥아, 누나 거까지 다 먹으라."

"우아! 오늘 내 배 터지겠는데?"

막둥이는 그릇을 건네받자마자 맛있게 들이켰다. 그런 막둥이와 할머니가 얄미운 소원이는 씩씩대며 일어서더니, 거실 구석으로 쿵쿵 소리를 내며 가서는 휙 돌아앉았다.

"이놈의 집구석, 정말 지겨워 죽겠어!"

소원의 날선 말에 상처를 받는 건 홍 할머니도 마찬가지였다.

"아이고! 그럼 나가지, 왜! 응?"

"나갈 거야! 엄마랑 아빠만 오면 할머니랑 안 살고 떠날 거다, 내!"

그때였다. 현관문 아래에서 웬 생쥐 한 마리가 들어오더니, 막둥이와 홍할머니의 뒤를 타다닥 지나 소원의 옆으로 사뿐히 이동했다.

찍찍 소리가 나는 쪽으로 고개를 돌려 녀석을 봤다가 흠칫 놀란 소원의 표정이 금세 환해졌다. 그런 줄도 모르고 홍 할머니는 막둥이의 입가를 소매로 닦으며 연신 푸념 중이었다.

"니 누나는 어째 저래 철딱서니가 없나, 응?"

막둥이는 이번에도 그저 해맑게 홍 할머니를 따라 했다.

"니 누나는 어째 저래 철딱서니가 없나. 근데 철딱서니가 뭐야, 할머니?"

뒤에서 소원이 잔뜩 들뜬 목소리로 홍 할머니를 불렀다.

"할머니!"

하지만 홍할머니는 돌아보지 않고 투덜거리기만 할 뿐이었다.

"왜, 또. 할매한테 무슨 소리를 또 해 대려고."

"왜, 또. 할매한테 무슨 소리를 또 해 대려고."

"할머니, 이거 좀 보라고! 좀!"

소원의 수상하고 다급한 외침에 홍 할머니는 힐끔 봤다가 이내 눈이 휘둥그레졌다. 한 손에 쥐를 잡아 든 소원이가 오묘한 미소를 짓고 있었다. 막둥이도 뒤늦게 돌아보더니 화들짝 놀랐다.

"우아! 쥐다, 쥐!"

"쉿!"

홍 할머니는 소원에게 걱정스러운 듯 되물었다.

"어디서 났어, 그거이."

"그냥 여기 있었어! 진짜라."

바로 그때 누군가 현관문을 쾅쾅 힘차게 두드렸다.

"홍씨 할매! 문 좀 열라요!"

"헉."

위협적인 목소리에 소원은 어린 시절의 트라우마가 다시 살아났는지 즉각 얼어 버렸다. 그러나 흔들림 없는 홍 할머니는 잽싸게 다락방을 가리키며 아이들에게 조용히 숨어 있을 것을 눈빛으로 당부했다. 밖에서 계속해서 문을 두들기는 소리가 들려왔다.

홍 할머니가 마침내 문을 열자, 네 명의 남성들이 횃불을 들고 서 있었다. 그중 가장 깐깐해 보이는 마을의 청년 단장 김 반장이 서늘한 인상으로 입을 열었다.

“뭐가 이래 오래 걸립니까, 홍씨 할매?”

홍 할머니는 억지로 온순한 표정을 지으며 답했다.

“아, 거시기⋯⋯ 자려던 참이었지, 뭐요. 근데 이 시간에 무슨 일입니까, 김 반장 동지?”

"다름이 아니라, 안주로 삼으려던 쥐 새끼 한 마리가 여기 문 아래로 기어들어 갔지, 뭐요."

"쥐요? 거, 요새도 쥐가 남아 있기나 합니까?"

홍 할머니의 태연한 반응이 의심스러운 듯 김 반장은 문으로 바싹 다가섰다.

"수색 좀 해 보겠소."

"예? 안 됩니다. 소원이가 잔다니까 그러네?"

하지만 김 반장은 막무가내였다. 쪼르르 뒤따르는 부하들과 함께 횃불을 이리 비추고 저리 비추는 김 반장을 홍 할머니로서는 막을 방도가 없었다.

한편, 손에 쥐를 꽉 쥔 소원이와 막둥이는 다락문 틈 사이로 위급한 상황을 내려다봤다. 심장이 쿵쾅거리는 건 쥐도, 아이들도 모두 마찬가지였다. 홍 할머니도 초조함을 꿀꺽 삼키며 마치 쥐라도 된 것처럼 김 반장의 뒤를 졸졸 따라다녔다.

"내가 쥐 같은 거이 봤으면, 김반장 동지한테 진작에 냅다 갖다 바쳤겠죠. 암요."

홍 할머니의 말을 들은 척도 않는 김 반장은 자신이 수사관이라도 된 듯 진중한 모습이었다.

"소원이는요?"

"예? 아, 저기 노래…… 노래를 연습하러……."

홍 할머니는 그 순간 아차 싶었다.

"잔다고 하지 않았소?"

"아…… 그게 그러니까, 노래 연습만 하고 날래 잘 거라는 뜻이었습니다."

그때, 김 반장의 예리한 시선이 벽면 상단에 멈춰 섰다. 홍 할머니는 혹시 그가 다락문이라도 본 것일까 뜨끔했다.

"쯧쯧. 령도자님들 관리 좀 잘하시요!"

김 반장이 가리키는 곳은 벽면에 걸려 있는 먼지 쌓인 두 초상화였다.

"내일이 무슨 날인데. 옛날 같았으면 벌써 잡혀가고도 남았소. 으이구."

그 잔소리가 오히려 반가운 홍 할머니는 곧장 굽신거렸다.

"예, 예. 날래 닦겠습니다. 내 이 정신머리가 없어서리. 허허."

김 반장은 또다시 방향을 틀어 이번에는 부엌으로 걸어갔다. 아궁이 옆에 놓인 죽 그릇들을 살피더니 그는 다시 훅 치고 들어왔다.

"근데 그릇이 왜 세 개요?"

이제는 상황에 적응이 됐는지 홍 할머니도 제법 그럴싸하게 받아쳤다.

"아, 소원이가 아침밥을 안 먹고 학교에 가서 저녁에 아예 두 그릇을 줬지 뭡니까. 허허."

"거, 너무 많이 먹이지 마시요. 우리 모두가 고난의 행군에 다 함께 동참하고 있음을 명심, 또 명심해야 합니다."

"암요. 그렇고 말구요."

더 이상 꼬투리 잡을 게 없는지 김 반장은 횃불로 거실 바닥을 마지막으로 쓰윽 훑더니 부하들에게 그만 가자고 고갯짓했다.

“편히 주무시요, 홍씨 할매.”

“예, 김 반장 동지. 밤에도 고생이 많습니다.”

그러나 방심하고 마음을 놓았던 탓일까. 위에서 이들을 지켜보던 소원이가 쥐를 툭 놓쳤다가 이내 다시 낚아챘다.

그 소리에 김 반장은 다시 멈춰 서서 위를 올려다봤다. 그제야 그의 시야에 천장의 사각문이 들어왔다. 숨이 가빠진 홍 할머니가 다급하게 먼저 선수를 쳤다.

“아, 물건들 보관하는 다락이라요. 다락.”

“열어 보시요.”

“예?”

홍 할머니의 당황한 기색과 머뭇거림에 수상함을 감지한 김 반장은 부하들에게 자신을 들어 올리라고 명했다.

“딸꾹.”

겁에 질린 소원의 몸이 제멋대로 먼저 반응했다. 입을 꾹 틀어막으며 아무리 숨을 삼켜 봐도 딸꾹질은 도무지 멈출 기미를 보이지 않았다. 겁에 질려서 이러지도 저러지도 못하는 누나를 막둥이는 옆에서 안쓰럽게 지켜볼 수밖에 없었다.

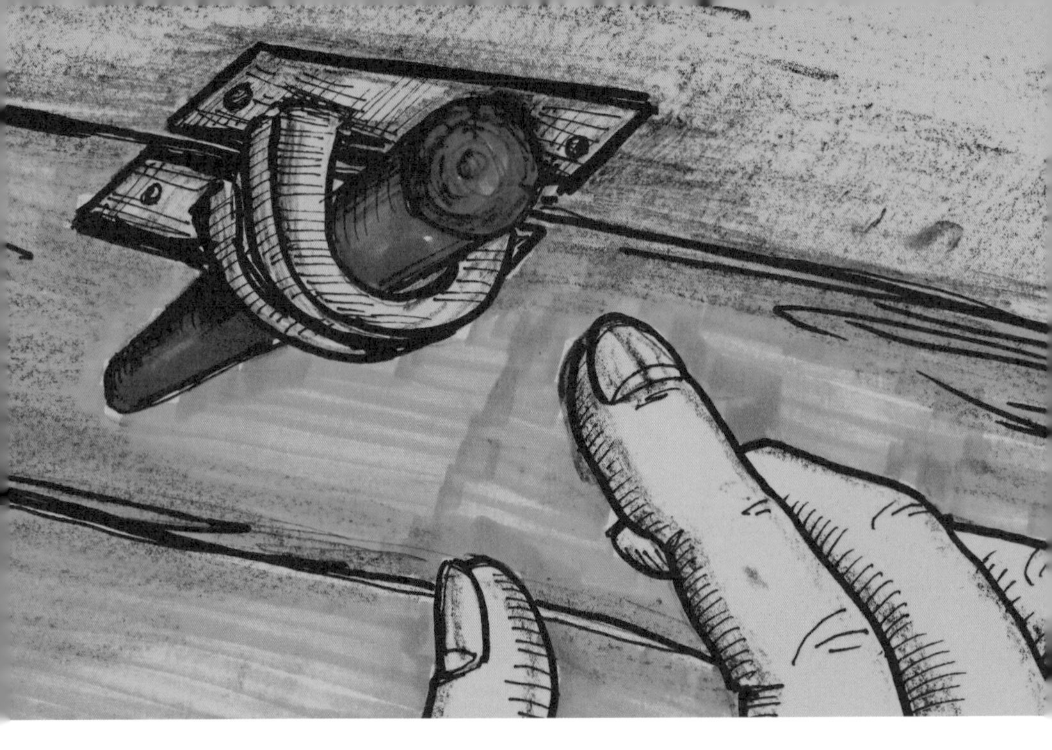

김 반장의 가느다란 손가락은 어느덧 다락문을 잠그는 막대를 향해 다가가고 있었다. 막대를 막 뽑으려던 바로 그 순간, 천장 안에서 느닷없이 노랫소리가 흘러나왔다.

"나의 살던 고향은 꽃피는 산골."

소원이가 저녁 내내 연습하던 '고향의 봄'에 김 반장은 멈칫했다.

"복숭화꽃, 살구꽃, 아기 진달래."

지금껏 들어 보지 못한 막둥이의 고운 목소리에 소원이도, 밑에서 듣던 홍 할머니도 모두 얼어붙었다. 반면, 김 반장과 그를 가마 태우듯 들고 서 있던 부하 세 명은 얼마만에 들어 보는 추억의 동요인지 넋을 잃고 감상했다.

"울긋불긋 꽃 대궐 차린 동네. 그 속에서 놀던 때가 그립습니다."

노래가 끝나고 잠시 적막이 흘렀다. 김 반장은 자신도 모르게 촉촉해진 눈가를 매만지며 부하들에게 내려 달라고 손짓했다. 그리고 웬일로 칭찬까지 남겼다.

"소원이 많이 늘었네."

홍 할머니는 여태 얼얼한 표정으로 고개를 숙였다.

"감사합니다, 동지."

"리 교사 동무가 학교에서 열심히 지도하는 모양이요. 응? 허허."

그 말을 끝으로 김 반장은 본래의 목적인 쥐도 잊은 채 부하들을 이끌고 집을 나섰다.

덜커덕 문을 걸어 잠그자마자, 홍 할머니는 다리에 힘이 쫙 풀려 털썩 주저앉았다.

열린 솥뚜껑 너머 모락모락 피어오르는 김 사이로 푹 익은 쥐탕이 드러났다. 소원이가 침묵의 미소를 지었고, 막둥이는 조용히 두 팔을 번쩍 들며 온몸으로 기쁨을 표했다.

홍 할머니는 뜨거운 줄도 모르고 잘 익은 쥐를 반으로 쪼개 몸통은 소원에게, 머리 부위는 막둥이에게 공평히 나눠 주었다. 허겁지겁 고기를 뜯어 먹는 손주들을 말없이 지켜보던 홍 할머니는 얇디얇은 쥐 꼬리 한 가닥만으로도 이미 배가 부른 느낌이었다.

그날 밤, 야심한 시각. 막둥이는 여느 때처럼 다락에서 쌔근쌔근 잠이 들어 있었다. 홍 할머니도 아래층 거실 바닥에서 드르렁 코를 골며 곤히 자고 있는데, 소원은 눈도 감지 않고 멀뚱멀뚱 천장만 쳐다보고 있었다.

마치 소풍 가기 전날의 설렘이 찾아온 것처럼 실룩실룩 미소를 감추지 못하는 소원은 어서 아침이 오기만을 초롱초롱한 두 눈으로 기다렸다.

THE
SINGING
ROAD

2장 소원이

여름의 향기가 사방에 퍼져 있었지만 아침 공기는 여전히 서늘했다. 홍 할머니가 리어카를 끌며 집을 나서는 것을 창문으로 확인한 소원은 곧장 작전에 돌입했다.

먼저, 천장 다락에 올라갈 때 사용하던 서랍장을 드르륵 열어 무언가를 꺼냈다.

어릴 적 끼고 살았던 판다곰 인형은 세월만큼이나 너덜너덜해졌다. 그러나 지금 추억 팔이나 할 여유 따위는 소원에게 없었다. 마치 과거를 끊어 내듯, 그녀는 판다곰의 머리를 가차없이 싹둑 잘라 버렸다.

소원이가 다락으로 고개를 내밀었을 때, 막둥이는 양동이에 아침 소변을 힘껏 쏘고 있었다.

"막둥아!"

소원의 알 수 없는 미소에 막둥이의 소변 줄기가 양동이의 테두리 사이를 아슬아슬하게 요동쳤다.

"학교 안 가나, 누나?"

"내려와. 같이 나가자."

"엥?"

바지를 꽉 당겨 입은 막둥이에게 같이 나가자는 말이 마치 딴 세상 언어처럼 머리에서 울렁거렸다.

판다곰 인형의 머리를 탈처럼 뒤집어쓴 막둥이는 소원의 팔짱에 철썩 달라붙었다. 일곱 평생, 마지막으로 밖에 나와 본 적이 언제인지 기억조차 가물가물했다.

"할머니도 아나, 이거?"

두려움 가득한 눈빛으로 막둥이가 묻자 소원이는 툭 던지듯 답했다.

"미쳤나? 니랑 내만 아는 비밀이지."

"돼거. 할머니가 알면 가만 안 둘 텐데, 누나……."

"니만 입 꼭 다물면 되지."

성의 없는 누나의 태도에 막둥이는 팔을 놔 버렸다.

"내 집에 갈래."

그렇게 막 돌아서려는 막둥이의 목덜미를 소원이는 콱 붙잡더니 계속 끌고 갔다.

"어제 노래 말이야."

"응?"

"어제 니가 불렀던 그 노래."

"아!"

그 순간, 생각이 났는지 막둥이는 자동으로 발사했다.

"나의 살던 고향은……."

막둥이가 불쑥 노래를 불러 대자 소원은 얼른 그의 입을 틀어막았다.

"읍."

"아니! 지금 말고 학교에 가서 말이야."

"학교? 지금 학교에 가는 거야?"

판다곰 인형 속 막둥이의 두 눈이 튀어나올듯 동그래졌다.

"응. 니 어제처럼만 노래 잘하면 사탕이랑 연필도 받을 수 있어."

소원의 말에 막둥이는 눈을 끔벅거리며 인형을 들춰 올렸다.

"사탕이랑 연필?"

"그래, 사탕 반은 니 줄게. 연필이랑 나머지는 내가 다 갖고. 어때?"

"돼거. 사탕 반씩이나? 신나는데?"

소원은 막둥이의 판다곰 인형을 다시 푹 눌러 씌우며 혹시 누가 봤을까 주변을 살폈다.

"대신, 이 가면 이거. 절대로 벗지 않는 거다. 할 수 있겠어?"

막둥이는 누나가 내민 새끼손가락에 맹세를 감아 걸었다.

"응! 약속!"

조금 전의 두려움은 흔적도 없이 누나의 손을 잡고 폴짝 뛰어가는 막둥이의 뒷모습은 만화 속 곰돌이처럼 토실토실 귀여웠다.

막둥이는 시냇물을 한 움큼 퍼서 벌컥벌컥 들이켰다. 다 마시고 판다곰 인형을 다시 쓰기 전, 그는 냇물 속을 우두커니 들여다봤다. 흐르는 표면에 비친 자신의 얼굴을 멍하니 보고 있는데 뒤에서 소원이가 다그쳤다.

"아예 그냥 거기서 눌러살 작정이라?"

그제야 막둥이가 일어서며 물었다.

"근데 누나, 물고기는 왜 안 보이나?"

"이미 다 먹었으니까, 사람들이."

"근데 물고기는 무슨 맛이라?"

“그걸 어케 아나?”

소원은 판다곰 인형을 내려 쓰는 막둥이의 손을 낚아채듯 잡으며 발걸음을 서둘렀다.

페인트칠이 벗겨진 대형 간판을 보며 막둥이는 또다시 궁금증이 돋았다.

“저 아저씨 코는 왜 저래 큰 거야?”

“미제 놈이라 그렇지.”

“미제 놈이가 뭐라?”

소원은 꼬리에 꼬리를 무는 막둥이의 질문 공세에 점점 지쳐 갔다.

“몰라. 나쁜 놈이겠지, 뭐.”

“코가 커서?”

“하아…….”

한숨이 절로 나오던 그때, 뒤에서 소원을 부르는 외침이 들렸다.

"소원아!"

그녀를 때마침 구제해 준 사람은 짝꿍 영란이었다.

영란은 판다곰 가면을 쓴 막둥이에게 관심을 보이며 물었다.

"뭐라, 얘는?"

낯선이의 등장에 의기소침해진 막둥이는 누나 뒤에 쓰윽 숨었다.

"사촌 동생이야. 멀리서 왔거든."

소원의 태연한 대답에 영란은 별 의심 없이 나란히 걷기 시작했다.

"근데 저런 가면은 왜 쓰고 있나?"

"아, 노래자랑용."

"노래자랑용?"

"응. 얘가 나 대신 노래 부를 거야, 오늘."

"어? 그래도 되나? 에이씨. 그럼 나도 누구 데리고 올 걸 그랬다, 야."

택도 없다는 듯 피식거리는 소원은 막둥이의 손을 끌며 서둘러 앞장섰다.

"날래 가자. 늦겠다."

"같이 가!"

영란도 빠른 걸음으로 속도를 냈다.

학교 강당은 모처럼 시끌벅적했다. 서른 명가량의 아이들이 모두 제각각 목을 풀거나 가사를 암기 중이었는데, 판다곰 인형을 뒤집어쓴 막둥이는 뒷좌석의 영란과 코 후비개 사이에 어색하게 앉아 있었다.

마치 별나라 구경이라도 온 듯 모든 게 새롭고 신기하기만 하던 그때, 옆에서 코 후비개가 콧속에서 뭔가를 꺼내 내밀었다.

"먹어 볼래?"

그의 손가락 위에는 누런 덩어리 하나가 붙어 있었다. 막둥이는 잠시 멍하니 보다가 툭 떼어 입에 넣고 오물거렸다. 나름 나쁘지 않은지 씨익 미소를 짓자 코 후비개도 환하게 웃으며 말했다.

"니 꺼도 한번 줘 봐라."

막둥이는 판다곰 인형 사이로 조심스레 손을 넣어 코를 후볐다. 그러나 옆에서 그의 손을 유심히 살피던 코 후비개는 갑자기 궁금해졌다.

"근데 니 손은 왜 그리 까맣나?"

처음 듣는 질문에 막둥이는 코를 파다가 말고 자신의 두 손을 살폈다. 확실히 코 후비개의 지저분한 손이 자신의 것보다는 훨씬 옅어 보였다. 옆에서 가사를 열심히 읊고 있는 영란의 손과 팔도 자신의 피부보다 하얬다. 그러고 보니, 강당에 있는 모든 아이들이 자신과는 어딘가 모르게 다른 느낌이었다. 갑작스런 낯섦에 덜컥 겁이 밀려온 막둥이는 소원이를 찾아 두리번거렸다.

무대 앞에서 리 교사를 붙잡아 세워 둔 소원이는 쉰 소리를 내 가며 한창 설명 중이었다.

"제가 노래 연습을 너무 많이 해서요…… 켁켁."

리 교사는 소원의 머리를 어여삐 쓰다듬었다.

"어이구, 저런. 날래 자리에 가서 쉬지 그러니? 아니면 집에 갈래?"

"아닙니다, 선생님. 위대하신 수령님의 탄신일인데 그냥 넘어갈 수가 있어야지요. 그래서 사촌 동생을 급히 데리고 왔습니다. 노래 하나는 끝내주게 하는 아이인데, 저 대신 불러도 될까요? 켁켁……."

"역시나 우리 소원이는 열성이 대단하구나, 야. 수령님께서도 정말 기뻐하실 거야. 사촌 동생은 어디에 있니?"

소원은 기다렸다는 듯 끝줄에 앉아 양옆을 두리번거리는 막둥이를 가리켰다.

"저기 저, 판다곰 대가리를 쓴 동무라?"

"예."

"준비를 성의 있게 한 모양이구나. 나중에 소원이 차례가 오면 올려 보내도록 해."

"감사합니다, 선생님. 그런데요……."

리 교사는 명단 속 소원의 이름 옆에 '사촌 동생'을 써넣으며 쳐다봤다.

"응?"

"사촌 동생이 이겨도 상을 받을 수 있는 거죠?"

"그럼 당연하지!"

그제야 안도하며 자리로 돌아가는 소원의 입가에는 야릇한 미소가 히죽 피어올랐다.

사탕 세 봉지와 연필 세 자루가 심사 위원들의 탁자에 탐스럽게 놓여 있었다. 리 교사의 맛깔스런 아코디언 반주에 맞춰 치열한 경쟁이 차례대로 시작되었다.

야심차게 준비한 아이들부터 꾸벅꾸벅 졸면서 부르는 학생까지 무대는 다양했다.

“새야, 새야, 창가에 앉은 예쁜 새야. 장군님께 내 고운 목소리 전해다오.”

“오늘은 기쁜 날! 장군님이 미국 놈들 쫓아내신 기분 좋은 날!”

“울지 마라 아가야. 배고파도 울지 마렴, 귀여운 아가야.”

코 후비개와 영란이도 딱히 특출나지는 않았지만 나름 씩씩하게 준비해 왔다.

"감사합니다. 정말 정말 감사합니다. 우리 장군님 아버지 감사합니다."

“룰루랄라! 노래 부르자! 장군님 아버지 탄신일 기념해서 노래 부르자!”

각 노래마다 푹 빠져서 지켜보던 막둥이는 갑자기 소원에게 속삭였다.

“누나, 내 쉬 마렵다.”

“조금만 참아. 다음이 니 차례라.”

소원은 잔뜩 긴장한 표정으로 무대를 주시했다. 그때, 리 교사가 마이크 앞으로 뚜벅 다가왔다.

"동무들, 다음은 강소원 동무의 차례인데 노래 연습을 너무 많이 해서 목소리가 쉬었답니다. 대신 소원의 사촌 동생이 참석을 했다네요? 우리 박수로 환영해 줄까요?"

"짝. 짝. 짝."

소원은 형식적인 갈채를 받으며 판다곰 인형을 쓴 막둥이의 손을 붙잡고 앞으로 향했다. 아이들의 호기심 어린 시선 속에서 무대 위로 등 떠밀려 오른 막둥이는 불안한 눈빛으로 무대 아래의 누나만 하염없이 돌아봤다.

"내 쉬 마렵다니까, 누나……."

그러나 소원은 냉담했다.

"참으라고 좀! 사탕이랑 연필이 지금 니한테 달려 있다고!"

리 교사의 안내에 따라 막둥이는 하는 수 없이 마이크 앞에 섰다. 그의 우스꽝스런 모습에 여기저기에서 웃음소리가 터져 나왔다.

"곰 대가리라?"

"킥킥킥!"

"자, 동무들! 조용, 조용!"

짓궂은 반응들을 제지하며 리 교사는 소원이가 신청한 '고향의 봄' 반주를 경쾌하게 연주하기 시작했다. 하지만 막둥이는 언제 시작해야 하는지도 모르는 채, 그저 멀뚱멀뚱 서 있기만 했다.

"하하하하!"

아이들의 폭소가 점점 더 커지자 초조해진 소원은 막둥이를 향해 신경질적으로 소리쳤다.

"날 봐. 내 신호를 보라고!"

“깔깔깔!”

“동무들, 조용! 조용들 합시다!”

마음씨 좋은 리 교사는 처음부터 다시 연주했다. 이번에는 조금 더 느리게. 그러나 아이들의 비아냥과 소원 누나의 위협적인 눈초리, 그리고 터질 것만 같은 방광 때문에 막둥이는 눈앞이 출렁출렁 어지러워졌다.

“지금! 지금 시작하라고!”

소원이 계속해서 윽박질렀지만 막둥이는 노래는커녕 쭈삣쭈삣 몸만 뒤틀었다. 그런 그가 안쓰러웠는지 리 교사가 꿋꿋이 연주를 처음부터 다시 시작했다.

"자, 한 번만 더 해 볼까?"

그러나 이미 늦었다.

막둥이의 바지 밑에서 줄줄 누런 액체가 새어 나오기 시작했다.

“엥? 오줌 아니야?”

“하하! 곰 대가리가 오줌을 싸 댄다, 야!”

아이들의 난리법석에 소원은 고개를 푹 숙여 버렸다. 그런 누나를 보면서 막둥이도 울먹울먹 주저앉고 말았다.

“진정들 하라, 동무들! 응?”

리 교사의 커다란 외침에도 소란은 사그라들 줄 몰랐다. 세 명의 심사 위원들까지 고개를 절레절레 흔들던 그때, 리 교사는 막둥이에게 침착히 손을 내밀었다.

"자, 사촌 동생 동무? 우리 이제 그만 내려갈까?"

그 순간, 막둥이는 리 교사의 흰 손을 보더니 뒤로 벌벌 기어가기 시작했다.

막둥이의 이해할 수 없는 행동에 소란스럽던 아이들도 하나둘 조용해졌다. 뒷자리에 앉아 있던 코 후비개와 영란이도 멍한 표정으로 서로를 힐끔 쳐다봤다.

무대 벽면에 등이 부딪히자 막둥이는 앞으로 다시 기어가더니 폴짝 뛰어내리며 강당 끝 출구로 달려 나갔다.

당황한 시선들 속에서 소원이는 얼굴이 후끈거려 미칠 것만 같았다. 리 교사가 보내는 무언의 신호에 연필과 사탕 봉지를 아쉬운 듯 한 번 더 보더니 마침내 막둥이를 따라나섰다.

"야! 니 거기 서!"

운동장을 가로지르며 소원이 외쳤다. 그러나 헐레벌떡 멀어지는 막둥이는 뒤도 안 돌아보며 우중충한 하늘을 향해 애달프게 외쳤다.

"할머니!"

뭐가 들리기라도 했을까. 홍 할머니도 흐릿한 하늘을 올려다봤다. 오늘따라 유난히 싱숭생숭한 마음을 다잡으며 솥에 넣을 조개 속살을 손질하던 그때, 꽃제비 무리가 잽싸게 바구니 속 조갯살을 한 움큼 쥐어 갔다.

"야! 이놈 새끼들아!"

홍 할머니는 욱씬거리는 허리를 급히 펴며 일어섰다. 그러나 우두머리 철이는 뒤돌아 혀를 날름 내밀고는 장마당 입구로 여유롭게 도망쳤다.

"저, 썩을……."

다시 푹 쪼그려 앉은 홍 할머니는 그저 힘없이 남은 조갯살을 솥에 던져 넣었다.

"우웩!"

밖에서의 혼란을 게워내듯 막둥이는 집에 오자마자 구토를 하기 시작했다. 소원이는 그런 막둥이가 아직도 창피해 죽을 지경이었다.

"으휴…… 이런 겁쟁이 반네미."

막둥이도 반항하듯 입가를 쓱 닦으며 누나를 노려봤다.

"할머니한테 다 이를 거다, 내."

"어디 그러기만 해. 메뚜기고 뭐고 앞으로 아무것도 없을 테니까."

단순한 협박에 의기소침해진 막둥이는 눈을 바로 내리깔았다. 그 틈을 타고 소원은 서랍에서 새 바지를 꺼내 툭 던졌다.

“오줌 싼 바지나 이리 내라. 할머니 오기 전에 날래 빨게.”

막둥이는 시키는 대로 바지를 벗기 시작했다가 자신의 두 다리를 우두커니 내려다보며 나름 진지하게 물었다.

“근데 누나, 우리 엄마도 내처럼 까맸나?”

“그건 왜, 갑자기?”

“누나랑 할머니도 안 까맣구, 학교에 동무들도 내처럼 안 까맣구.”

예상치 못한 질문에 소원이는 대충 얼버무렸다.

“그건 아직 어려서 그래. 크면서 변할 거야.”

“진짜라?”

“그럼.”

막둥이는 그제야 위안이 됐는지 다시 미소를 지었다. 소원은 오줌 묻은 바지를 낚아채며 질문 공세가 또 이어지기 전에 얼른 부엌으로 도피했다. 거실에 홀로 남겨진 막둥이는 드르륵 서랍을 끌고 와서는 가뿐히 밟고 다락으로 올라갔다.

소원은 바지를 물에 헹군 뒤 물기를 탁탁 털어 내다가 말고 문득 깨달았다. 오늘 자신이 얼마나 큰 실수를 저질렀는지를.

***

“울지 마라, 아가야.”

다락에서 흘러나오는 희미한 노랫소리에 소원의 눈꺼풀이 쓰윽 떠졌다.

옆에서 할머니의 드르렁 코 고는 소리가 주기적으로 작아질 때마다 천장에서 분명 노래가 들려왔다.

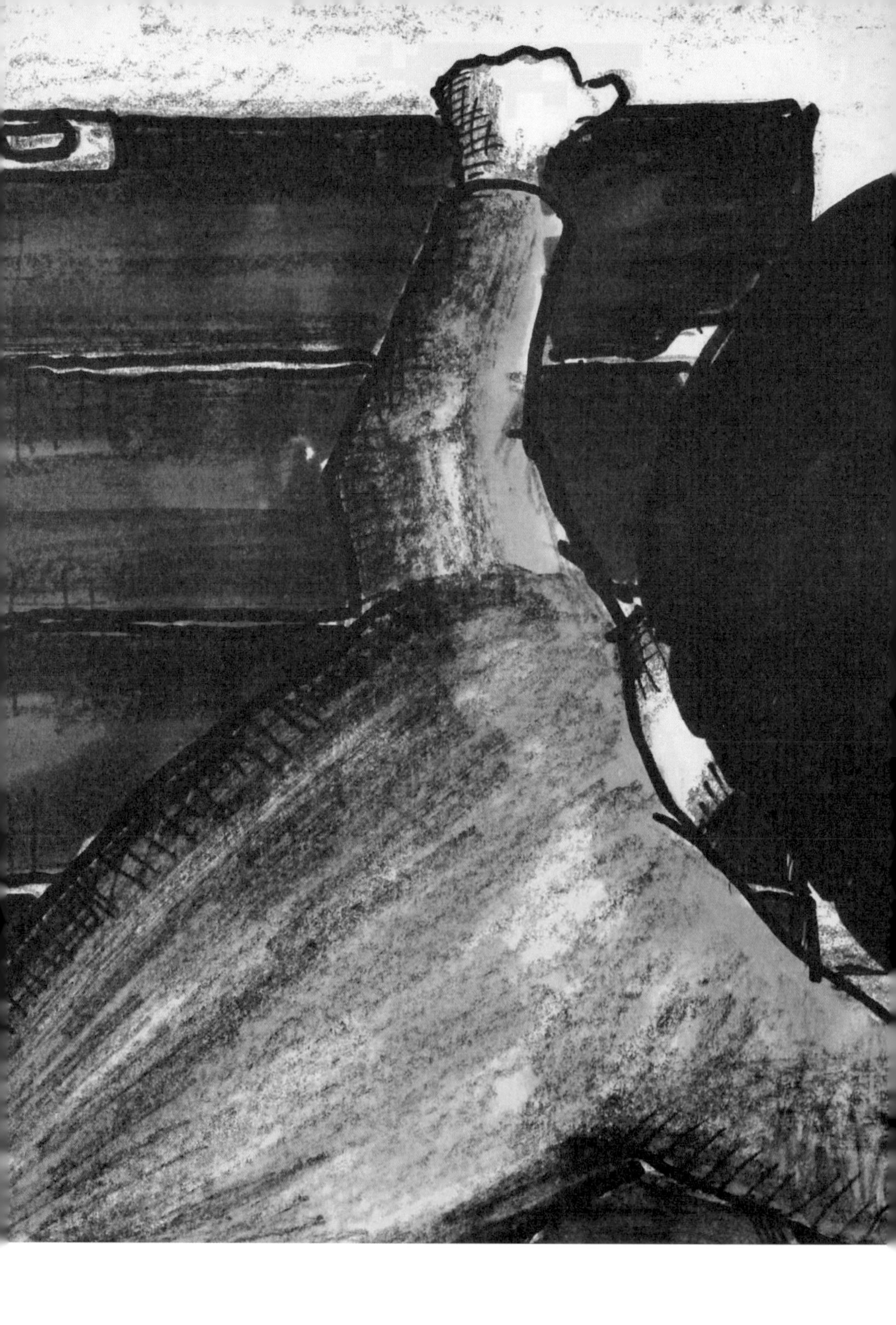

"배고파도 울지 마렴, 귀여운 아가야."

다락으로 고개를 빼꼼 내미는 소원이는 막둥이의 뒷모습을 조용히 지켜봤다.

"엄마도 아버지도 함께 굶고 있으니 울지 마라, 아가야. 귀여운 아가."

달빛으로 적셔진 창가 앞에서 막둥이의 감미로운 목소리가 공기 속에 잔잔히 울려 퍼졌다. 한동안 노래를 부르다가 느껴지는 기척에 막둥이가 뒤를 돌아보자, 소원은 참지 못하고 속삭였다.

"니 어떻게 아나, 그 노래?"

막둥이는 당연하다는 표정으로 답했다.

"오늘 학교에서 들었잖아."

"아니, 어떻게 다 외웠냐고."

소원의 질문에 막둥이는 고개를 갸우뚱했다.

"몰라?"

"그럼 너, 다른 노래들도 다 기억해?"

"음…… 그런 거 같은데?"

그때 거칠게 두드리는 대문 소리가 적막을 깨뜨렸다. 막둥이와 소원이는 움찔하며 서로를 쳐다봤다.

"쾅! 쾅!"

밖에서 김 반장의 위협적인 목소리가 들려왔다.

"홍씨 할매, 문 좀 열어 보시요!"

피곤에 쩔어 잠든 할머니를 소원이가 다급히 깨웠다.

"할머니, 일어나!"

몇 차례의 시도 끝에 홍 할머니는 겨우 눈을 떴다.

"왜, 무슨 일 났나?"

"또 왔다, 김 반장."

김 반장이라는 말에 홍 할머니가 벌떡 일어나 앉았다.

"그놈아가 왜?"

소원이 그제야 머뭇거리며 자백했다.

"막둥이 때문에……."

"잉? 막둥이 때문이라니?"

"노래를 불렀거든…… 막둥이가."

홍 할머니는 휘둥그레지는 눈만큼이나 심장이 철렁 내려앉았다.

문을 열며 밖을 확인하자 김반장과 그의 부하들이 이번에는 횃불도 없이 서 있었다.

"홍씨 할매."

홍 할머니가 먼저 굽신거렸다.

"죄송합니다, 김 반장 동지. 우리 소원이가 이래 야밤에 노래를 부르는 바람에 폐를 끼쳤지요?"

"폐라니요."

"네?"

"들어가서 직접 좀 들어도 되겠습니까? 소원이 노래 말이요."

홍 할머니는 얼른 문을 쿵 닫으며 나오더니 김 반장을 타일렀다.

"아, 그러지 말고 동지. 내일 오시라요, 예?"

"거 너무 섭하게 이러지 맙시다, 홍씨 할매."

"아니, 그러니까…… 그게, 소원이가 지금 막 잠이 들어서 말입니다."

"수령님께서 좋은 거 있으면 다 같이 나누라고 하지 않으셨소?"

한 마디도 지지 않는 김 반장 앞에서 홍 할머니는 난감했다. 그런 줄도 모르고 그는 또 훅 치고 들어왔다.

"홍씨 할매, 거 개인주의가 의심스럽다고 위에다가 신소해도 되겠소?"

이제 더는 물러날 방도가 없음을 직감한 홍 할머니는 순간 기지를 발휘했다.

"그게 아니라 동지, 소원이가 사람들이 보는 앞에서는 도무지 노래를 못 불러서 그러지 않습니까. 낯간지럽다고서리……."

그제야 멈칫하는 김 반장을 보며 홍 할머니는 조심스레 덧붙였다.

"괜찮으시다면 다락에서 노래를 불러도 되겠습니까?"

김 반장은 부하들과 어리둥절한 시선을 주고받았다.

"룰루랄라! 노래 부르자!"

다락 한가운데 서서 막둥이는 마치 물 만난 고기처럼 열창했다.

"장군님 아버지 탄신일 기념해서 노래 부르자!"

영란이가 노래자랑 때 불렀던 곡이었다. 단 한 번 들었던 가사와 멜로디를 거의 완벽하게 소화해 내는 막둥이가 소원이는 그저 신기할 따름이었다.

"모두 다 노래 부르자! 룰루랄라!"

한편, 그들 바로 아래에서는 진풍경이 벌어지고 있었다.

김 반장과 부하들뿐만 아니라, 소문을 듣고 몰려온 몇몇 주민들까지 아코디언 반주에 맞춰 열렬히 몸을 흔들었다. 해맑게 리듬을 타는 김 반장의 우스꽝스런 춤사위를 보면서도 홍 할머니는 등줄기를 타고 내려오는 불안감을 감추느라 속이 시커멓게 타들어 갔다.

"새야, 새야, 창가에 앉은 예쁜 새야. 장군님께 내 고운 목소리 전해다오."

다음 노래가 막 시작됐을 즈음에는 더 많은 주민들이 합세했다. 이제는 아예 문 앞에 서서 손님들을 맞이하는 홍 할머니의 이마에 초조함이 식은땀과 함께 흘러내렸다.

"오늘은 기쁜 날! 장군님이 미국 놈들 쫓아내신 기분 좋은 날!"

자신감을 얻었는지 막둥이의 노랫소리는 더욱 씩씩해졌다. 설마설마하며 다락문 사이를 내려다본 소원이는 혀를 내둘렀다. 촛불로 밝혀진 거실은 발 디딜 틈도 없이 사람들로 미어터질 지경이었는데, 그 중심은 단연 김 반장이었다. 묵혔던 흥을 터뜨리느라 온통 땀범벅이 된 그가 목청껏 노래를 따라 불렀다.

"장군님 우러러 만세!"

그러자 나머지 인파도 양손을 번쩍 들며 벽면의 두 초상화를 향해 합창했다.

"만세! 만만세!"

우렁찬 떼창에 부엌에서 꾸벅 졸던 홍 할머니가 화들짝 깼다. 얼른 침을 쓱 닦으며 거실을 내다보니, 벽면에 걸린 두 존엄의 동공들이 모두 자신을 쳐다보고 있는 것만 같았다. 소스라치듯 홍 할머니는 머리를 털어 냈다.

***

"휘익!"

날카로운 호각 소리가 갯벌을 관통했다. 홍 할머니는 지친 두 눈으로 강기슭 쪽을 돌아봤다. 그러나 붉은 깃발을 흔들고 있는 사람은 리 초급병사가 아닌 새로 부임한 여군인 계 중급병사였다.

뻘에서 걸어 나오는 홍 할머니의 바구니를 옆에서 힐끗 살피던 박 할머니가 의아하다는 표정을 지었다.

"어째 오늘은 조개가 그거이밖에 안 돼?"

"한숨도 못 잤거든, 어제."

그러고 보니 홍 할머니의 주름 패인 얼굴이 평소보다 더욱 초췌해 보였다. 그때, 계 중급병사는 잠시의 틈도 주지 않고 호각을 불어 댔다. 서둘러 강기슭으로 향하는 홍 할머니가 헐떡이며 물었다.

"근데, 리 병사는 어디 갔나?"

"죽었대."

박 할머니의 답변에 홍 할머니는 졸음이 싹 가셨다.

"아니…… 어째서?"

"최 중위가 쏴 죽였대, 글쎄. 강을 건너다 잡혔다지 뭐니."

홍 할머니는 자신도 모르게 그 자리에 멈춰 섰다.

홍 할머니의 조개 바구니 속을 들여다보던 최 중위의 눈빛이 차갑게 굳었다.

"홍씨 할매, 오늘은 거, 게으름을 많이 피웠구만그래?"

그러자 홍 할머니는 낮은 한숨을 내쉬며 바구니 안을 다시 확인했다. 최 중위가 거의 다 퍼 가고 남은 건 고작 열 알 남짓이었다.

계 중급병사가 펼치고 있는 포대 자루 속에 조개들을 옮겨 부으며 최 중위는 가래 섞인 걸걸한 목소리로 또 훈시를 시작했다.

"에…… 우리 조국의 최대 적은 거, 게이름뱅이들이라는 사실을 동무들도 잘 알고 있잖소."

최 중위는 마치 버릇처럼 계 중급병사의 군복에 손을 쓱 닦으려다가 그녀가 건네는 천 쪼가리에 멈칫했다. 그는 민망한 듯 천 속에 손을 닦으며 설교를 이어 갔다.

"내래 똑똑히 경고하겠는데, 오늘같이 한 번만 더 게으름들 피우면 두말할 거이 없이 앞으로 갯벌 출입을 금하겠소. 알겠습니까들?"

"예!"

바짝 긴장한 조개꾼들은 해산 명령에 서둘러 흩어졌다. 그러나 홍 할머니만 제자리에 남아 물이 차오르는 갯벌 저편을 물끄러미 바라봤다. 오늘따라 남조선 여성의 목소리가 유독 또렷이 들리는 건 기분 탓일까.

"우리 대한민국으로 오시면 자유를 제공해 드릴 수 있습니다."

멀찍이 앞서 가던 박 할머니가 문득 옆이 허전해 뒤를 돌아봤다. 강 건너로 향해 있는 홍 할머니의 서글픈 시선을 따라 보며 그녀 또한 조용히 생각에 잠겼다.

강바람에 철조망이 살랑거렸다. 녹슨 길을 함께 걷는 홍 할머니와 박 할머니는 한동안 말이 없었다. 그러나 침묵에 적응되어 갈 때 즈음, 마치 떠보기라도 하듯 박 할머니는 평소보다 더욱 사납게 최 중위를 헐뜯기 시작했다.

"최 중위, 저 간나 새끼. 리 병사 그 어린 놈이 왜 도망치려고 했는지 내 백번 이해가 된다, 니미."

"쓰읍! 조용히 좀 하라. 아직 최 중위 구역인데."

때마침, 세 명의 조개꾼들이 저 앞에서 지나가고 있었다. 그들이 멀어지는 것을 거듭 확인한 박 할머니는 은근슬쩍 홍 할머니의 표정을 다시 살폈다.

"홍씨 할매는 저 동무들이랑 다르잖아. 그렇지 않아?"

눈치 빠른 홍 할머니는 계속 못 들은 척하며 앞만 보고 리어카를 밀었다. 이내 박 할머니는 답답한 듯 걸음을 멈추며 본색을 드러냈다.

"내일 말이야."

그제야 홍 할머니가 쳐다보자, 박 할머니는 작정한 듯 이어 말했다.

"내 강 건널 거야. 홍씨 할매도 같이 가지 않겠어?"

홍 할머니는 재빨리 주변을 둘러봤다. 다행히 아무도 없었다.

"미쳤구만. 내 못 들은 걸로 할게."

"손녀딸 하나 있다고 했지? 브로커 동생한테 돈 좀 적당히 더 쥐어 주면 우리 조개 캘 동안 숨겨 줄 수도 있을 거야."

그 말에 홍 할머니는 자신도 모르게 걸음을 멈추며 돌아봤다.

"걱정 말라, 홍씨 할매. 군인들이 못 보게 동생이 시선을 잠시 돌려 주기로 했어. 그사이에 우리는 무작정 뛰기만 하면 된다. 이번엔 성공할 가능성이 그리 나쁘지 않다구. 같이 가자, 홍씨 할매. 응?"

잠시 고민하던 홍 할머니는 낮은 목소리로 반박했다.

"니 그러다가 리 병사 꼴 난다. 다 죽는다고."

"니미. 한번 해 보고나 죽으면 여한이라도 없지, 뭐. 생각해 보라. 너무 시간 끌지 말구, 응? 내래, 그 브로커 동생한테 얘기 잘 해 줄 테니까. 알았지?"

그 말을 끝으로 박 할머니는 서둘러 걸어갔다. 점점 작아지는 그녀의 뒷모습을 해쓱한 몰골로 바라보던 홍 할머니 위로 하늘에서 봉투 하나가 툭 떨어지더니, 눈 내리듯 사방에 마구 쏟아졌다.

"삐라다! 삐라!"

박 할머니가 신난 어린아이마냥 다시 뛰어왔다. 하늘을 보니 창공을 가로지르는 비닐 풍선에서 봉투들이 나풀나풀 떨어지고 있었다.

저 멀리 앞서가던 조개꾼들도 허겁지겁 돌아왔다.

"날래 주워! 하나라도 더 주워야 돼, 홍씨 할매!"

박 할머니의 외침에 홍 할머니는 발밑에 떨어져 있던 봉투 하나를 덥석 주워 열었다. 작은 편지와 1달러짜리 지폐 한 장이 들어 있었다.

"북한 주민 여러분께 대한민국에서 보내 드리는 작은 성의 표시입니다. 통일을 위해 매일 기도를 드리고 있습니다. 강락교회."

"우리 쓰라고 남조선에서 보낸 거야. 다 빼앗기기 전에 날래 주워! 날래!"

박 할머니가 헉헉대며 던진 말에 홍 할머니는 강 건너편의 남쪽을 다시 한번 쳐다봤다.

안 그래도 나날이 극심해지는 불안이 무거운 쇠처럼 숨통을 짓누르고 있었다. 막둥이를 데리고 얼마나 더 버틸 수 있을지 막막하기만 하던 그 찰나에 마침 삐라까지 떨어지는 걸 보자 결정이 명확해졌다. 그녀에게는 지금 통일이고 뭐고 다 필요 없었다. 그저 아이들만 안전할 수 있다면 어떠한 선택이라도 할 각오가 되어 있었다.

주름진 눈가에서 지금껏 본 적 없는 의지가 차오르더니 홍 할머니는 몰려온 조개꾼들 사이를 작정한 듯 비집고 들어갔다. 그리고 여기저기 흩어져 있는 봉투들을 닥치는 대로 사납게 집어 들었다.

***

수업이 끝나고 쉬는 시간이었다. 소원이 교실 책상에 엎드려 잠을 청하고 있는데, 뒤에서 영란이 슬그머니 오더니 그녀를 툭 치며 깨웠다.

"니까지 자나, 이제?"

하품을 길게 내쉬며 소원이 답했다.

"하아암…… 어제 한숨도 못 잤거든."

"다들 밤에 뭐 하는 건데? 코 후비개도 오전 내내 잠만 처자서 내 심심해 죽겠잖아."

소원은 졸음을 털어 내며 옆을 바라봤다. 지금껏 한결같이 엉뚱하고 쾌활하기만 했던 코 후비개가 얼굴을 두 팔에 파묻은 채로 책상에 엎드려 잠들어 있었다. 자세히 보니 그의 헝클어진 뒷머리 사이로 땀방울이 맺혀 있었고, 마른 등짝은 떨었다 말았다를 반복했다. 그 순간, 소원의 뒷목을 타고 싸늘한 불길함이 기어 올라왔다.

마지막 수업은 체육이었다. 리 교사가 부는 호루라기 소리에 영란이는 몽둥이를 들고 타다닥 뛰어나갔다. 사람 크기의 미군 인형을 퍽 후려갈긴 뒤, 대열로 돌아와 기다리고 있던 소원에게 몽둥이를 넘겼다.

이 훈련에 크게 흥미가 없던 소원은 설렁설렁 뛰어가서는 미군의 머리를 대충 툭 치고 돌아왔다. 그러나 다음 차례인 여학생은 몽둥이를 받자마자 전속력으로 질주하더니 "빠악" 소리를 내며 미군 인형을 힘껏 내려쳤다.

"시합이 아니니까 천천히들 해. 저녁 먹을 때까지 너무 힘 빼면 안 된다고 했지?"

리 교사의 친절한 지적에 여학생은 속도를 낮추며 대열로 복귀했다. 다음은 코 후비개의 차례였다. 하지만 그는 여태 쪼그리고 앉아 고개를 떨구고만 있었다. 보다 못한 영란이 그의 등짝을 철썩 갈겼다.

“그만 자라고! 수령님께서 화내신다, 니?”

그제야 얼굴은 든 코 후비개는 온통 땀범벅이었다. 보고 있던 리 교사도 걱정이 되는지 다가오기 시작했다. 자리에서 겨우 일어난 코 후비개는 몽둥이를 애써 받아 들었다. 그러나 첫발도 제대로 떼지 못하고 곧바로 바닥에 고꾸라졌다.

그것이 코 후비개의 마지막이었다. 포대 자루로 얼굴이 가려진 그의 주검은 초라할 정도로 왜소했다. 리 교사가 끄는 수레에 실린 코 후비개는 그렇게 인사도 없이 허망하게 운동장 밖으로 사라졌다.

엉엉 울음을 터뜨리는 영란 옆으로 소원은 도무지 이해가 안 된다는 듯 냉정을 유지했다.

"어제까지만 해도 멀쩡했었잖아."

"벌 받은 거라니까. 학교에서 자꾸 자니까."

소원은 말도 안 된다는 듯 대꾸조차 하지 않았다. 그러나 그때, 영란이 갑자기 배를 움켜잡더니 신음하며 주저앉았다.

"넌 또 왜 그래?"

찡그린 영란의 젖은 얼굴은 슬퍼서인지 아파서인지 구별이 어려웠다.

"배가…… 이상하다."

소원이 영란의 상태를 살피던 중 멈칫했다. 조금 전, 코 후비개의 증상을 봤을 때처럼 싸늘한 짐작이 이번에도 스쳤다.

"어제 뭐했나, 니들?"

"장마당에 갔었는데. 코후비개랑……."

"그래서."

"뭐 좀 얻어먹어 보려고 노래를 불렀다가…… 혼만 났다, 장사꾼들한테. 지내 못 부른다고."

"그래서? 그걸로 끝이라?"

"아니, 쓰레기통에 생선 남은 게 있더라."

"그걸 먹었다고?"

"먹을만 했는데…… 으윽."

소원은 화가 치밀어 올랐다. 바로 자리에서 벌떡 일어서며 마구 쏘아붙였다.

"니들 등신 반네미가? 꽃제비라, 니들이? 버려진 생선을 왜 먹나? 지나가던 개들도 안 먹는 거 모르나? 그러니까 코 후비개도 저래 뒤진거고, 니도 인차 저 꼴 난다. 으이구, 씨!"

하지만 영란은 배를 움켜잡으면서도 끝까지 반박했다.

"아니다. 코 후비개는 학교에서 졸아서 벌 받은 거라니까. 으윽……."

소원은 도무지 말이 안 통하는 하나뿐인 친구가 서럽도록 괘씸했다.

"마음대로 해! 죽던가 말던가."

씩씩대며 운동장을 가로지르는 소원은 화는 났지만 눈가가 자꾸 뜨겁게 시려 왔다. '이렇게라도 도망을 치면 영란과의 이별을 피할 수 있지 않을까?' 소원은 속으로 생각했다.

브로커를 찾아 역전으로 들어간 박 할머니는 생각보다 오랫동안 나오지 않았다. 이게 과연 잘하는 짓일까. 홍 할머니가 스멀스멀 기어 나오는 불안감 속에서 기다리고 있는데, 그녀 뒤로 웬 여인이 불쑥 다가왔다.

"조개 얼마에 팝니까?"

별생각 없이 돌아본 홍 할머니가 소스라쳤다. 그녀 앞에 서 있는 사람은 막둥이를 낳고 끌려간 딸 지숙이었다.

"뭘 그리 놀라요?"

다시 정신을 차린 홍 할머니와 마주 보고 있는 여인은 지숙이 아닌 역전 매춘부였다.

순간 지숙이 사무치도록 그리워진 홍 할머니는 바구니 속에 있던 몇 안 되는 조개를 신문지에 싸서 죄다 건넸다. 그러나 매춘부는 손사래를 쳤다.

“이거 다 살 돈 없다, 할매.”

“됐어요. 그냥 가져가.”

마침 박 할머니가 브로커와 함께 역전 안에서 걸어 나왔다. 덩치 좋은 사내는 매춘부를 보자 대뜸 으박부터 질렀다.

“일 안 하고 뭐 하나, 니?”

“가요, 가. 할매, 조개 잘 먹을게요.”

짧은 미소만 남기고 멀어지는 매춘부에게서 홍 할머니는 눈을 떼지 못했다.

"이 동생이라. 우리 도와줄 브로커."

박 할머니가 속삭이듯 소개하자, 홍 할머니는 사내를 향해 꾸벅 인사를 건넸다.

"돈은요."

사내의 무심한 첫마디에 홍 할머니는 메고 있던 돈주머니를 우두둑 열어 1달러 지폐들을 잔뜩 꺼냈다. 그러자 브로커는 가죽처럼 두꺼운 표정으로 돈을 받아서 세기 시작했다.

다 해 봤자 50불도 되지 않았다. 브로커는 택도 없다는 듯 콧방귀를 끼면서 돈을 돌려줬다.

"거, 목숨 걸고 하는 짓인데."

"가진 게 이거이 다요……. 얼마나 더 모자랍니까."

박 할머니도 옆에서 거들었다.

"동생, 우리 치사하게 이러지 말자구, 응?"

브로커는 못 이기는 척 잠시 고민하더니 다시 입을 열었다.

"애가 몇 살이요?"

홍 할머니가 안도하며 답했다.

“열두 살이라요. 여자앤데 총명해서 다루기는 어렵지 않을 겁니다.”

“저것들까지 다 주시요, 그럼.”

홍 할머니가 브로커의 시선이 향하는 쪽으로 고개를 돌렸다. 그가 가리키는 건 그녀의 리어카와 잡다한 살림살이들이었다.

브로커가 밀고 가는 리어카의 마지막을 홍 할머니는 말없이 지켜봤다. 낡았지만 암담했던 지난 몇 년을 그나마 버티게 해 준 고마운 녀석이었다. 그러나 이제는 잊고 움직여야 했다.

“내 자네한테 할 말이 있어.”

홍 할머니의 무거운 눈빛에 박 할머니도 덩달아 불안해졌다.

“왜, 마음이 또 바뀐 거라?”

“아니. 데려가야 할 녀석이 하나 더 있거든.”

그 말에 박 할머니는 차라리 안도했다.

"그럼 진작에 저 동생한테 얘기를 하지 그랬어. 몇 살이라?"

"일곱 살 손자 녀석인데."

"설마, 무슨 불구는 아닐 테지?"

"응? 아니, 그런 거이 아닌데……."

"그럼 됐지, 뭐. 뜀박질만 할 수 있으면 됐어. 자, 이거나 받으라."

박 할머니가 꼬깃꼬깃해진 1달러 지폐 세 장을 홍 할머니의 손에 쥐여 줬다.

"이게 뭐라?"

"받아. 내 남은 거이 이게 다라. 가서 손주 녀석들 맛난 거라도 좀 사 먹여. 그놈 아들한테는 내일이 아주 힘든 하루가 될 테니까 말이야."

"자네는?"

"내래 쓸 데도 없다, 야."

박 할머니는 씁쓸한 미소를 지으며 홍 할머니의 팔짱을 끼었다. 말없이 걷기만 하는 홍 할머니의 침묵 속에 짙은 고마움이 서려 있었다.

***

늘 있던 자리에 할머니가 없자 소원은 의아했다. 그러나 걱정도 잠시, 그녀의 초롱초롱한 눈빛이 장마당 입구로 향했다. 이때다 싶어 몸이 먼저 움직이는 소원은 설렘 반 두려움 반으로 걸음이 점차 빨라졌다.

북적이는 장마당은 별천지였다. 인파 속을 파고들수록 소원의 심장은 머리에서 뛰는 것처럼 요동쳤다. 과일, 생선, 육류, 채소, 쌀, 국수, 의류, 목욕용품, 각종 CD에 전자 기기까지……. 이곳에는 없는 것 빼고 전부 다 모여 있었다.

그중에서도 소원이의 호기심을 가장 자극했던 건 미국산 바나나였다. 노란빛을 띠는 이 오동통함에 시간 가는 줄도 모르고 구경하고 있던 그때, 진한 화장기가 푸석하게 들떠 보이는 중년의 과일 장수가 파리 쫓듯 소원을 휙 밀쳐 냈다.

"꺼지라."

"왜요?"

"살 돈이나 있나, 니?"

"보는 것도 안 되나, 뭐?"

"응, 안 돼. 과일 다 닳는다."

그 순간, 소원은 무력함을 느꼈다. 그러나 뭔가 떠올랐는지 눈빛이 다시 반짝였다.

"칫! 돈, 나도 벌면 되지. 기다려 봐요!"

소원은 야릇한 미소를 지으며 장마당 입구로 신나게 달려 나갔다.

"끄응."

막둥이가 있는 힘껏 힘을 줬다. 양동이 속으로 대변 한 알이 철퍼덕 떨어지는 소리가 들리자, 열은 안도의 숨을 내쉬며 표정이 시원해졌다. 해방감에 콧노래를 부르며 발가락을 꼼지락대다가 갑자기 또 멈칫하는 막둥이.

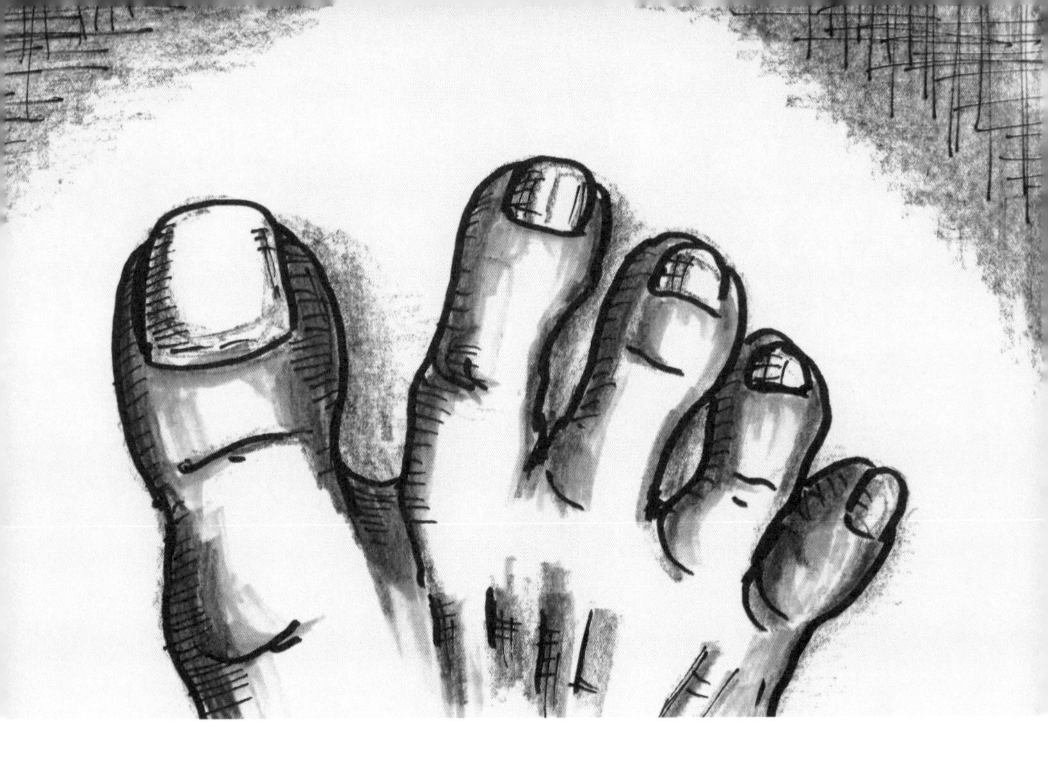

"어? 꼬맹아?"

엄지와 검지 발가락 사이를 손으로 벌리며 막둥이의 얼굴이 울상으로 변했다.

"안 된다, 꼬맹아. 니 어디 간 거야? 응?"

그때 아래층에서 소원이가 들어오는 소리가 들려왔다. 서랍을 드르륵 옮기는 움직임까지 감지되자 막둥이가 서둘러 외쳤다.

"아직이야! 오지 마라, 누나. 내 다 안 쌌다구!"

그런데도 다락문 사이로 소원의 머리가 성급히 비집고 들어왔다가 바로 찡그리며 코를 막았다.

"오지 말라고 했지, 내가?"

그러고 보니 막둥이의 두 눈가에 눈물이 그렁그렁 맺혀 있는 게 아닌가.

"울었어, 니?"

"응. 꼬맹이가 없어졌지, 뭐야."

"꼬맹이? 으휴, 뽀드락지 난 걸 가지고 사내놈이."

"뽀드락지 아니다. 내 친구였다고, 꼬맹이는."

다급해진 소원은 막둥이의 헛소리를 더는 받아 줄 여유가 없었다.

"알았으니까 날래 닦고 내려와. 같이 갈 데가 있어."

"싫어, 내 학교 안 가!"

"이번엔 학교 아니야."

"그럼?"

"지상 낙원. 날래 내려와."

소원이 문을 닫고 사라지자 막둥이는 두 눈을 끔뻑거리며 고개를 갸우뚱했다.

"지상 낙원이가 또 뭐라?"

판다곰 머리를 가면처럼 쓴 막둥이는 입을 다물지 못했다. 소원의 손을 꾸욱 쥐고 분주한 장마당 속을 걷는 엉뚱한 모습에 상인들도 귀엽다는 듯 히죽거렸다.

한 이발사는 갑자기 등장한 곰돌이 꼬마에 잠시 한눈을 팔았다가 고객의 머리 한 가닥을 싹둑 실수로 잘라 버렸다.

소원은 아까 자신에게 퇴짜를 놓았던 과일 가게 앞에 보란 듯이 막둥이를 세웠다.

"자, 준비됐지?"

"여기서 부르라고?"

"응. 어젯밤처럼만 해."

화장기 짙은 과일 장수도 궁금한지 그들을 쳐다봤다. 그러나 막둥이가 머뭇머뭇 주저하자 소원이 또다시 다그쳤다.

"자꾸 겁쟁이처럼 굴래, 니?"

"내 겁쟁이 아니라니까!"

"그럼 해 보라고 어서! 어제는 잘만 했잖아!"

막둥이는 썩 내키지 않았지만 그저 오기로 노래를 시작했다.

"감사합니다. 정말 정말 감사합니다."

노래자랑 때 코 후비개가 불렀던 곡이었다. 소원은 친구들 생각에 잠시 가슴이 아려 왔지만 재빨리 현실에 집중했다.

"우리 장군님 아버지 감사합니다."

막둥이는 점점 자신감이 붙었다. 한창 부르고 있는데, 옆에서 과일 장수가 불쑥 끼어들었다.

"뭐가 고마운데, 대체?"

"네?"

소원이 쳐다봤다. 건너편에서 채소 장수 아줌마도 비웃듯이 한마디 던졌다.

"고맙기는 개뿔이 고맙나? 니미럴! 카악, 퉤!"

"깔깔깔!"

주변 상인들이 조롱하듯 웃어 댔다. 막둥이는 주눅이 들어 더 이상 노래를 부를 수가 없었다.

"누나, 내 안 하면 안 돼?"

당황하기는 소원도 마찬가지였다. 하지만 그렇다고 멈추기에는 너무 멀리 왔다.

"안 돼, 계속 불러. 신경 쓰지 말고."

"저래 막 웃고 놀리는데?"

"니한테 그러는 거 아니니까 날래 불러. 어서!"

막둥이는 주변의 눈치를 훑으며 질끈 노래를 이어 갔다.

"우리 장군님 아버지 감사합니다."

옆에서 듣고 있던 과일 장수가 먼지떨이로 좌판 위의 파리들을 툭툭 털어 내며 퉁명스레 말했다.

"뭐 다른 건 없나?"

"다른 거요?"

소원이 되물었다.

"응. 저 곰 대가리가 노래는 좀 하는 거 같은데 다른 걸로다가 우릴 한번 즐겁게 해 보라."

순간, 잔꾀가 발동한 소원은 한 수 더 떴다.

"그럼 뭐 해 줄 건데요?"

"요놈 봐라? 그거이 뭐, 쟤가 부르는 거 봐서."

과일 장수의 아리송한 말에 소원이 막둥이에게 속삭였다.

"니 저기 저, 노란 거 보이지?"

막둥이는 누나가 가리키는 바나나를 힐끔 봤다.

"응. 요상하게도 생겼네."

"근데 저거 먹으면 하얘진대."

"참말이라?"

인형 속 두 눈이 빠르게 끔뻑거렸다.

"응, 잘 부르면 저거 줄지도 몰라. 그쵸, 아줌마?"

과일 장수는 그저 피식 웃으며 파리만 털어 댔다.

"고향의 봄. 그거 한번 해 봐라."

소원이 제안했다.

"제일 처음 노래?"

누나가 끄덕이자 막둥이는 마음을 가다듬더니 마치 숨을 내쉬듯 편하게 노래를 시작했다.

"나의 살던 고향은 꽃피는 산골."

그의 맑은 음색에 과일 장수도, 야채 장수도 조용히 시선을 돌렸다.

"복숭화꽃, 살구꽃, 아기 진달래."

막둥이의 청아한 울림이 장마당을 촉촉히 적셨다.

"울긋불긋 꽃 대궐 차린 동네. 그 속에서 놀던 때가 그립습니다."

상인들의 반응을 살피던 소원의 눈빛에서도 희망이 다시 반짝였다.

***

"여기 너무 좋다, 누나."

시장 모퉁이 공터에 걸터앉은 소원과 막둥이는 음식들을 우걱우걱 씹어 먹었다. 바닥에는 바나나와 귤, 그리고 찐 감자 두 알이 남아 있었다. 상인들로부터 이것저것 더 많이 받아 왔지만 이미 절반 이상은 목구멍을 타고 내려가 위장 속에 수북이 쌓여 있었다.

"응. 매일 오자, 우리."

소원은 입 한가득 오물거리며 답했다. 둘이서 이렇게 티격태격하지 않은 게 얼마만인지 몰랐다. 그때, 웬 검은 그림자가 그들을 삼킬 듯이 주변을 드리우기 시작했다. 돌아보니 철이와 꽃제비 녀석들이었다.

판다곰 인형을 쓴 막둥이는 그들을 그저 천진난만하게 바라보는 반면, 소원이는 남은 음식물을 주머니에 쑤셔 넣기 바빴다.

"일어나, 막둥아. 가자."

우두머리 철이가 어슬렁 다가오더니 피우던 꽁초를 후 불고는 바닥에 떨궜다. 발 앞에 툭 떨어진 꽁초를 막둥이는 신기한 듯이 쪼그리고 앉아 관찰했다.

"이리 내라. 주머니에 있는 거 전부 다."

철이의 위협에도 소원은 가소롭다는 듯 비웃었다.

"대가리에 총 맞았나, 내가? 그걸 내놓게?"

그러는 사이, 막둥이는 바닥에 앉아 철이의 흉내를 내는 중이었다. 아직 불씨가 살아 있는 꽁초를 한 모금 깊이 빨아 보는데 눈앞이 핑 돌기 시작했다.

"켁! 누나, 내 또 속이 안 좋아."

철이의 관심이 그제야 막둥이에게로 내려갔다. 소원은 동생의 앞을 가로 막으며 으르렁댔다.

"얘는 건드리지 마라, 니."

그러나 소원의 말이 들릴 리 없는 철이는 막둥이 앞에 척 쪼그려 앉았다.

"이딴 건 왜 쓰고 있는 건데?"

철이가 판다곰 인형을 강제로 벗기려던 그때, 막둥이의 입에서 진득한 바나나 엑기스가 격하게 뿜어져 나왔다. 워낙 순식간에 벌어진 일이었다. 모두가 우왕좌왕하는 틈에 온통 질퍽질퍽해진 철이의 몰골을 뒤로하고 소원은 막둥이를 일으켜 뛰기 시작했다.

"달려, 막둥아!"

일어서며 얼굴을 쓰윽 닦아 내는 철이는 시장 속으로 달아나는 소원과 막둥이의 뒤를 역하게 노려봤다.

"저 곰탱이 새끼 잡아라."

홍 할머니는 수산물 좌판 앞에서 튼실하게 생긴 게 한 마리를 꼼꼼히 살피고 있었다. 그때였다. 뒤에서 후다닥 쏜살같이 아이들이 스쳐 지나가더니 "할머니!" 하고 외쳤다.

낯익은 부름에 홍 할머니는 설마설마하며 뒤를 휙 돌아봤다. 헐레벌떡 뛰고 있는 뒷모습은 분명 소원이었다. 그리고 끌려가는 판다곰 인형을 뒤집어쓴 꼬마는 막둥이임을 단번에 알아차렸다. 뜻밖의 광경에 홍 할머니는 게고 뭐고 내팽개치며 정신 나간 사람처럼 아이들을 따라나섰다.

그때 할머니를 뒤돌아보던 막둥이가 CD 좌판을 쾅 들이받으며 CD들이 와장창 엎어졌다.

바닥에 쏟아진 온갖 불법 복제 CD들 중 하필 막둥이의 눈에 들어온 것은 헐리우드 영화 표지였다.

왜인지 친숙해 보이는 미국 배우. 막둥이는 자신과 너무나도 닮은 표지 속 미소를 멍하니 서서 바라봤다.

"야, 이 새끼들아! 뭐이가 이게!"

귀걸이와 목걸이를 주렁주렁 단 CD 상인이 고래고래 난리를 쳤다. 소원은 막둥이를 허겁지겁 일으켜 세우며 뒤를 살폈다. 멀리서 꽃제비 녀석들이 질주해 오고 있었다. 그러나 더 큰 문제는 바로 앞에서 벙찐 표정으로 다가오는 할머니였다.

소원은 일단 막둥이를 끌고 도망부터 쳤다. 막둥이의 손에 미국 배우가 웃고 있는 영화 CD가 아직 들려 있는지도 모르는 채.

“야! 이 도둑놈 새끼들아!”

이제는 CD 상인까지 딸려 왔다.

상인 뒤로는 홍 할머니가 넋이 나간 듯 추격해 오고 있었다.

맨 후방에 있던 철이와 꽃제비 녀석들은 어른들을 쉽게 앞지르며 위협적으로 소원과 막둥이를 따라잡았다.

놀란 인파 사이를 비집으며 소원과 막둥이는 달리고 또 달렸다. 그러나 정신을 차려 보니 막다른 골목의 콘크리트 담벼락이 엄하게 그들을 막아서고 있었다.

뒤에서 제일 먼저 도착한 건 역시나 철이와 꽃제비들이었다. 더 이상 물러설 곳이 없는 소원은 헉헉대며 주머니에 있던 과일과 감자 들을 몽땅 바닥에 쏟아 냈다.

"자! 다 가져, 니들. 됐나?"

꽃제비 녀석들은 신나서 바닥에 쏟아진 음식들을 주워 먹기 시작했다. 하지만 철이는 그저 막둥이만 보며 저벅저벅 걸어왔다. 소원이가 용감히 막아섰지만, 뺨을 있는 힘껏 퍽 후려맞고 뒤로 나자빠졌다.

"으악! 누나! 우리 누나 건들지 마라!"

막둥이는 씩씩대며 그간 연습해 온 격투기 자세를 취했다. 그러나 철이는 막둥이의 팔을 한 손으로 쉽게 꺾더니 인형을 향해 다른 손을 뻗었다. 그때, 뒤에서 성난 목소리가 들려왔다.

"야! 이 새끼들아!"

녹초가 된 CD 상인이 헐떡이며 뛰어들어 왔다. 곧이어 홍 할머니도 아픈 허리를 부여잡으며 나타났다.

"할머니!"

막둥이는 철이를 밀치며 할머니에게 뛰어갔다. 그러나 CD 상인이 중간에서 그를 낚아채더니 손에 쥐고 있는 CD부터 잡아당겨 뺏었다. 막둥이는 표지 속 자신과 닮은 아저씨를 쉽게 빼앗기지 않으려고 안간힘을 썼다. 옆에서 그들의 치열한 힘겨루기를 지켜보던 철이는 더 이상 엮이기가 싫어졌는지 조무래기들에게 고갯짓을 했다.

"가자. 재수 없다, 퉤!"

철이와 무리들이 난장판에서 퇴장하자, 상황 파악이 된 홍 할머니는 CD 상인에게 다가서며 그녀의 팔을 붙잡았다.

"알았으니까 그만 놓으시요. 돈 주면 될 거 아니요, 응?"

"이거이 얼만 줄을 알고? 낼 돈이나 있어?"

홍 할머니는 허리에 두른 돈주머니에서 남은 1달러 지폐 한 장을 건네더니, 오늘 장 봤던 검은 봉지들까지 죄다 건넸다. 상인은 의아한 표정으로 봉지 속 내용물들을 확인하면서 흥분을 가라앉혔다.

"진작 그럴 것이지, 쯧. 사람을 개고생이나 시키고 말이야."

CD 상인이 마침내 자리를 뜨자 막둥이가 할머니 품속에 와락 안겼다. 바닥에 넘어져 있던 소원이도 일어서며 민망한 듯 쭈뼛거렸다. 홍 할머니는 손녀딸의 두 눈을 말없이 응시했다.

"할머니, 내 말 좀 먼저 들어 보라구. 응?"

소원의 다급한 해명에도 할머니는 막둥이의 손만 잡더니 절뚝이며 돌아섰다.

"하아……."

모든 게 꼬일 대로 꼬여 버린 소원이는 철이한테 맞아 얼얼한 뺨을 어루만지며 두 사람을 따라나섰다.

***

"쾅쾅!"

텅 빈 소원의 집 대문을 두드리는 사람은 리 교사였다.

"소원이 안에 있니?"

리 교사를 저 멀리서 알아본 김 반장은 부하들에게 먼저 가라고 손짓한 뒤, 옷매무새를 다듬으며 다가갔다.

"아니, 리 교사 동무가 우리 동네까지 웬일이십니까?"

나름 목소리를 멋지게 내리깐 김 반장의 등장에 리 교사의 단춧구멍 같은 눈이 배시시 반달 웃음을 지었다.

"어머나, 김 반장 동지."

"제가 뭐 도울 일이라도?"

김 반장이 먼저 추파를 던졌다.

"동지, 혹시 소원이 보셨습니까? 영란이 어머니께서 영란이가 안 보인다고 걱정하시길래 소원이랑 같이 놀고 있나 확인하러 온 건데."

리 교사의 나긋한 설명에 김 반장이 사람 좋은 척 몰입했다.

"아이구, 저런! 제가 우리 청년단 애들 좀 풀어 드릴까요, 그럼?"

"아…… 아닙니다, 동지. 어째 이런 사소한 일로 귀찮게 해 드리겠습니까?"

“귀찮기는요. 안 그래도 리 교사 동무가 우리 소원이 노래 실력을 훌륭히 지도해 주신 덕분에 모처럼 다들 귀가 호강했지, 뭐요.”

선뜻 이해가 되지 않는 리 교사의 두 눈이 두꺼운 안경 속에서 깜박거렸다.

“귀가 호강했다면…… 소원이가 노래를 불렀다는 말씀인가요?”

“그렇지요. 학교에서 얼마나 잘 배워 왔던지 어젯밤에는 시간 가는 줄도 모르고 들었거든요.”

어리둥절한 리교사가 자신도 모르게 혼잣말을 크게 내뱉었다.

“목이 쉬었다고 했는데.”

“에이, 목이 쉬긴요. 다락에서 어찌나 쩌렁쩌렁하게 불러 댔는지 속이 다 뻥 뚫리던걸요, 뭘. 허허.”

“쩌렁쩌렁하게요? 이상하다. 목이 안 쉬었다고 해도 소원이 실력은 턱없이 부족한데…….”

설마설마하던 리 교사는 문득 누군가가 떠올랐다.

“그럼 혹시, 그 사촌 동생이 부른 게 아닙니까?”

순간 김 반장의 표정이 뾰족하게 변했다.

“예? 사촌 동생이라니요?”

주황빛으로 물든 오후의 하늘을 등지고 홍 할머니와 막둥이, 그리고 소원이가 마을 입구에 도착했다. 뒤에서 터덜터덜 거리를 둔 소원이는 여태 억울한 눈초리로 할머니의 뒷모습만 쳐다봤다.

“할머니…….”

손녀의 애타는 부름에도 홍 할머니는 못 들은 척 계속 걷기만 했다. 한편, 판다곰 인형을 쓴 막둥이는 손에 들린 CD의 표지에서 한시도 눈을 떼지 못하고 있었다.

"내 이 멋쟁이 아저씨 만나고 싶다, 할머니."

"알았다. 내 만나게 해 줄게."

할머니의 시원시원한 대답에 막둥이가 활짝 웃었다. 얄미운 모습을 뒤에서 보며 소원이 다시 항변했다.

"나도 몰랐다니까! 막둥이가 저걸 훔쳤는지는 진짜 몰랐다구!"

"집에 가서 얘기하자."

차가운 말투로 뒤도 안 돌아보며 말하는 할머니의 매정함에 소원이도 결국 날카롭게 버럭 소리쳤다.

"할머니는 왜 내 말은 안 듣는 건데! 왜!"

그때, 저 앞에서 리 교사가 다가오며 엄하게 노려봤다.

"소원이, 너! 할머니한테 그게 뭔 말버릇이라?"

소원은 당황했지만 홍 할머니는 별일 아니라는 듯 억지로 꾸벅 인사를 했다.

"선생님께서 여까지 무슨 일로."

"소원이 할머니, 안녕하세요. 어? 사촌 동생도 아직 안 가고 있었네?"

대꾸할 틈도 없이 리 교사 뒤에 가려져 있던 김 반장이 쓰윽 고개를 내밀자 분위기는 순식간에 나락으로 휩쓸렸다. 평소보다 더욱 싸늘해진 그의 독기 가득한 시선에 소원과 막둥이는 홍 할머니 옆으로 바싹 붙어 섰다.

"소원아, 혹시 영란이 봤니?"

냉기를 깨며 리 교사가 먼저 물었다.

"아, 아니요……. 아까 학교에서 본 거이 마지막이었는데."

"그래? 이상하네. 다 찾아봐도 없던데. 아무래도 뒷산에 한 번 더 가 봐야겠구나. 근데 소원이 목소리가 금방 나았네?"

뜨끔한 소원이 서둘러 눈을 내리깔고는 대충 고개를 끄덕였다.

"어쨌든, 그럼 안녕들 계시라요. 김 반장 동지도 편안한 밤 되시구요."

김 반장은 조금 전과는 달리 그녀를 거들떠보지도 않고 오직 막둥이에게만 시선이 꽂혀 있었다. 섭섭해진 리 교사는 어색한 미소만 남기며 영란이를 찾아 초라하게 길을 나섰다.

완충 역할을 해 줘야 할 리 교사가 멀어지자 눈치 빠른 홍 할머니가 김 반장이 들쑤시기 전에 먼저 치고 들어갔다.

"아니, 글쎄. 어제 아침에 손자 녀석을 급히 맡기고 갔지 뭡니까? 방문자 등록을 해야지 해야지 하고 있었는데…… 내 이 정신머리가 없어가지고서리. 허허."

하지만 더 이상 억지 변명이 통할 리 없었다. 김 반장은 할머니의 다리 뒤에 숨은 막둥이를 향해 의심과 기대감을 한껏 머금고 서서히 다가왔다.

"그럼 어젯밤에는? 소원이가 노래 부를 때, 그때는 어디 있었던 거요?"

"아, 그거야 당연히 다락에서 자고 있었죠."

엄청난 수배범을 눈앞에 둔 형사마냥 김 반장은 이 순간의 스릴을 무척이나 즐기고 있는 듯했다.

"그럼, 그 인형 탈부터 벗어 보라."

그러자 홍 할머니가 공손히 막아서며 굽신거렸다.

"동지, 아무것도 모르는 어린애한테 이러지 맙시다. 예?"

하지만 홍 할머니의 말을 들은 척도 않는 김 반장은 팔을 뻗어 막둥이의 목덜미를 확 낚아챘다.

"할머니!"

막둥이가 두려움 가득한 목소리로 다급하게 외쳤다. 홍 할머니와 소원이는 누가 먼저랄 것도 없이 죽기 살기로 방어했다.

"동지, 이번 한 번만 좀 넘어갑시다. 응?"

홍 할머니의 거머리 작전에 김 반장은 가관이라는 듯 그녀의 머리끄덩이를 붙잡고 바닥에 내리쳤다. 퍽 소리와 함께 홍 할머니가 쓰러졌다. 그사이 소원이가 막둥이를 잡아끌고 피하려 했지만 김 반장이 그렇게 날쌜 줄은 아무도 몰랐다. 김 반장은 뒤에서 훅 튀어나오더니 단숨에 판다곰 인형의 뒤통수를 잡고 쓱 벗겼다.

드디어 까만 피부의 곱슬머리 막둥이가 눈앞에 나타났다.

"오, 아버지! 수령님……."

눈이 튀어나올듯 얼어 버린 김 반장은 다리에 힘이 풀려 뒤로 콰당 엉덩방아를 찧었다.

고통도 잊은 채 홍 할머니는 무릎을 꿇으며 간곡하게 애원했다.

“부탁이요. 딱 한 번만 봐주시요, 동지. 예?”

그러나 무슨 귀신이라도 본 듯 김 반장은 우왕좌왕 일어서더니 하얘진 얼굴로 줄행랑을 쳤다. 그 절망적인 뒤꽁무늬를 힘없이 바라보던 소원은 그새 철이 들어 버린 얼굴로 나지막이 내뱉었다.

“다 끝났네, 이제…….”

그럼에도 홍 할머니는 여전히 강인했다. 냉정을 유지하며 바닥에 떨어진 막둥이의 인형부터 주워 씌우더니 이내 그를 들춰 안았다.

"끝나긴 뭐가 끝나. 떠나 버리면 그만이지."

"참 나. 어디 갈 데라도 있나?"

소원이 이미 자포자기한 듯 따져 물었다. 홍 할머니는 손녀의 손을 척 붙잡더니 더 이상의 설명 없이 마을 입구로 서둘렀다.

끌려가는 내내 소원은 집을 힐끔 또 힐끔 돌아봤다. 어둑어둑해지는 하늘 아래 아득히 멀어져 가는 저 볼품없는 풍경이 벌써부터 그리워지기 시작했다.

THE SINGING ROAD

THE
SINGING
ROAD

3장 할머니

달빛으로 물든 어둠은 의외로 포근했다. 막둥이는 홍 할머니 등에 업힌 채 CD를 꾹 쥐고 할머니의 귓가에 속삭였다.

"할머니, 우리 이래 된 거…… 다 내 때문이지?"

옆에서 걷던 소원이가 막둥이를 슬쩍 올려다봤다.

"아니다, 막둥아. 니 때문 아니다."

홍 할머니는 낮은 목소리로 답하며 지평선이 보이는 전방을 경계했다.

"인차 그만 내려와. 할머니 허리도 안 좋은데……."

소원은 문득 미안한 마음이 들었는지 괜히 누나 노릇을 한번 해 봤다.

"괜찮다. 업을 수 있을 때 실컷 업어 봐야지, 우리 막둥이."

홍 할머니의 지친 음성이 소원의 가슴 한 켠에 먹먹히 파고들었다. 그때, 우렁찬 트럭 소리가 고요를 깨뜨렸다.

다행히 상황에 대처할 시간은 충분했다. 홍 할머니는 막둥이를 내려놓으며 비포장도로 옆 움푹 패인 배수로 속에 아이들과 함께 몸을 숨겼다.

트럭은 느린 속도로 지나갔다. 조수석과 운전석에 타고 있던 실루엣들이 강력한 손전등으로 길의 양옆을 비추며 지나갔다. 칼날 같은 광선이 소원의 정수리를 벨 듯이 스쳤다.

바퀴들이 멀어지자 홍 할머니와 아이들은 억눌렸던 숨을 몰아쉬었다.

"하아……."

그대로 주저앉아 칠흑 속을 둘러보니 벌판 건너 저 멀리 희미한 가로등 불빛이 켜졌다 꺼졌다를 반복하며 건물 하나를 비추고 있었다. 외관을 보자마자 홍 할머니는 그곳이 오늘 낮에 갔었던 역전이라는 사실을 바로 알아차렸다.

배수로에서 일어서며 빛이 이끄는 방향으로 이동하려는데, 트럭의 뒤칸에서 수색견의 맹렬한 고발이 들려왔다. 작아지던 트럭이 붉은 후진등을 내뿜더니 다시 거꾸로 커져 왔다.

"뛰라!"

홍 할머니가 막둥이를 들쳐 안고 소원에게 소리쳤다.

"컹컹!"

수색견이 제 주인들을 재촉하듯 더 크게 짖어 댔다. 홍 할머니와 소원이는 뒤도 안 돌아보며 무작정 내달렸다. 벌판에 두 발이 푹푹 빠졌지만 멈추지 않고 계속 나아갔다.

다행히 역전은 생각보다 빨리 눈앞에 다가왔다. 뒤에서는 트럭에서 내린 짐승과 사람들이 마치 하나로 얽힌 듯 맹추격해 왔다.

역전 내부는 밖에서 깜박거리는 가로등 불빛에 의존하고 있었다. 오지 않는 기차를 하염없이 기다리는 인파들이 바닥 곳곳에 앉아 홍 할머니와 아이들을 공허한 시선으로 바라봤다. 어지러이 윤곽만 보이는 이들의 눈빛이 어둠 속에서 박쥐 떼처럼 반짝이자, 소원과 막둥이는 할머니의 팔을 더욱 세게 끌어안았다. 그때 누군가 홍 할머니를 부르는 소리가 들려왔다.

"조개 할매?"

숨을 곳을 찾아 두리번거리던 홍 할머니가 옆을 봤다. 낮에 봤던 역전 매춘부였다. 밖에서 수색견의 컹컹거리는 고함 소리가 더욱 가까워지고 있었다.

"무슨 일이요? 이 애들은 또 뭐고?"

반가운 그녀의 등장에 홍 할머니가 다급히 속삭였다.

"좀 숨겨 주시요, 예?"

그들의 질린 몰골을 보더니 매춘부는 주저 없이 답했다.

"따라오시요."

바닥의 인파들을 폴짝폴짝 넘으며 그녀가 향한 곳은 안쪽 구석의 비상구 계단이었다. 홍 할머니와 소원, 그리고 막둥이는 뒤를 살피며 열심히 따라 내려갔다.

보일러실 철문이 열리고, 비좁은 공간에서 땀내가 진동했다. 매춘부가 손전등을 비추자 반쯤 벗은 남녀가 안에서 토끼 눈을 한 채로 얼어 있었다.

"언니, 뭐이가?"

당황한 여자가 옷으로 몸을 가리며 물었다.

"나중에 설명할게. 다른 데 가서 일 보라."

매춘부의 부탁에 여자는 옷을 주섬주섬 챙기며 아직 바지도 다 못 입은 남자를 데리고 나갔다.

"들어오시요."

아이들의 눈을 가리며 서 있던 홍 할머니가 매춘부를 따라 보일러실로 들어갔다.

"여기는 쉽게 못 찾을 겁니다."

"고맙습니다."

"고맙기는. 살기나 하시요."

“끼익, 쾅” 하는 소리를 내며 철문이 다시 닫혔다. 문 아래에서 흘러 들어오는 빛줄기를 맞으며 홍 할머니는 아이들을 감싸안고 축축한 바닥에 앉았다.

"소원이, 니 지금부터 할매 말 잘 들어라."

홍 할머니의 진지한 속삭임이 습한 벽면들에 튕겨 울렸다. 그녀가 무슨 말을 할까 예측할 수가 없어 소원은 여느 때보다도 덜컥 겁이 났다.

"할매가 조개 캐러 가는 갯벌 어딘지 알지?"

"응? 응……."

"막둥이 데리고 그리로 가."

소원이는 더 이상 듣기 싫었다.

"거기 가면 확성기 탑이 하나 보일 거야. 그 밑에 들어가서 아침까지만 잠자코 숨어 있어. 그러면 덩치 큰 동무 하나가 데리러 올 거라."

소원이 겨우 입을 떼고 물었다.

"……. 할머니는?"

"날래 따라갈 거야, 할매는. 그 동무가 시키는 대로 강을 먼저 건너가."

"강을 건너라고?"

"응. 남조선으로 가 있으라는 말이야."

소원은 자신의 두 귀를 의심했다. 옆에서 아무것도 모르는 막둥이가 물었다.

"남조선이가 어디야, 할머니?"

홍 할머니가 막둥이의 판다곰 인형 머리를 쓰다듬으며 답했다.

"있어. 강 건너 좋은 곳."

"그럼 멋쟁이 아저씨도 만날 수 있는 거야?"

"그럼, 만날 수 있지."

"우앗!"

그러나 기쁨도 잠시 막둥이가 갑자기 놀라서 두 눈을 두리번거렸다.

"어? 멋쟁이 아저씨! 내 멋쟁이 아저씨가 없어졌다……."

"철커덕!"

그 순간, 철문이 열렸다. 모두 숨을 누르며 돌아보자 매춘부가 틈 사이로 걱정스레 고개를 내밀었다.

"개 새끼가 자꾸 계단 쪽으로 냄새를 맡는 거이 심상치 않아요. 일단 나오는 게 좋을 것 같습니다."

"저기, 동무."

홍 할머니가 담담한 목소리로 매춘부를 불렀다.

"내 부탁 하나만 더 들어주시요. 이거이 마지막입니다."

매춘부는 난처한 표정으로 홍 할머니를 가만히 주시했다.

막둥이가 흘린 CD 앞에 가죽 구두 한 쌍이 쓰윽 섰다. CD를 집어 드는 사람은 7년 전 홍 할머니의 가족을 모조리 쓸어 갔던 보위부의 하철용 과장. 표지 속 헐리우드 배우를 들여다보는 그의 기계적 눈웃음은 예전보다 더욱 찌그러진 느낌이었다.

"맞습니다!"

뒤에서 칭찬받고 싶은 어린아이처럼 김 반장이 각 잡고 끼어들었다.

"그 아새끼가 가지고 있던 거이 맞습니다. 딱 그렇게 생겼습니다, 동지."

그때, 목줄을 끊기라도 할 듯 수색견은 계단 아래를 향해 격하게 짖어 댔다. 하 과장은 미동도 않는 눈웃음을 지으며 그쪽을 바라봤다.

“이쪽이야. 넘어지지 않게 조심하라.”

매춘부는 철길을 따라 소원과 막둥이를 인솔했다. 소원이는 막둥이의 손을 꼭 붙잡고 밤을 헤집으며 뒤따랐다.

“컹컹!”

수색견은 보일러실 앞에 다다르자 극도로 흥분했다. 여유롭게 다가온 하과장이 앞장서서 보일러실 문을 돌려 열었다.

“철커덕. 끼익…….”

비좁은 암흑이 드러났고 적막이 흘렀다. 그러나 방심한 찰나, 바닥에서 누군가 튀어나와 하 과장을 덮쳤다.

홍 할머니는 온 힘을 다해 하 과장의 귀를 물어뜯었다.

"으아악!"

바닥에 검붉은 피가 뚝뚝 떨어지자 수색견이 신나서 핥아 댔다.

매춘부는 철길 옆에 찢어진 철조망 하나를 들춰 올렸다.

"이 철망을 따라 쭉 가다 보면 산길이 나올 거야. 그게 강으로 가는 지름길이라."

그러나 소원은 선뜻 들어가지 않고 자꾸만 역전 방향을 돌아봤다.

"할매도 곧 따라올 거라고 했잖니. 날래 가 있어, 먼저."

매춘부의 말이 썩 와닿지는 않았지만 소원은 하는 수 없이 막둥이부터 아래로 밀어 넣고서 자신도 기어들어 갔다. 철조망 반대편에서 소원이 매춘부에게 다시 한번 당부했다.

"할머니도 잘 좀 부탁드립니다, 동지."

매춘부는 아이가 안쓰러웠던지 애써 밝은 표정으로 대답했다.

"그래. 걱정 말고 날래 가, 응?"

그때였다.

"탕!"

밤공기를 타고 총성이 먹먹히 터져 나왔다. 매춘부도 흠칫 놀라며 역전 쪽을 바라봤다. 하지만 금세 태연한 척 아이들부터 재촉했다.

"니들은 가라, 어서. 내래 돌아가서 확인해 볼 테니까."

꾸벅 인사를 한 소원이는 막둥이의 손을 붙잡고 철조망을 따라 힘껏 달렸다. 그러나 얼마 가다 말고 다시 역전을 돌아봤다. 절대 믿고 싶지 않았지만 그 순간 와락 밀려온 슬픔으로 깨달았다. 방금 들린 총성은 할머니가 떠나는 소리였다는 것을.

강이 가까워지자 산길이 눈에 띄게 가팔라졌다. 땀과 흙으로 범벅이 된 소원은 진이 다 빠졌지만 그럴 때마다 할머니를 생각하며 막둥이의 손을 꼭 붙잡고 꾸역꾸역 올라갔다.

"우아! 돼거!"

정상에 도달한 막둥이가 숨이 가쁜 와중에도 탄성을 내질렀다. 전방에 펼쳐진 밤의 광경은 소원이도 가히 놀랄 만한 절경이었다.

거울 같은 검은 강물 위로 대형 전광판의 불빛이 현란하게 반짝였다.

"저거 봐라, 누나!"

"쉿!"

소원은 막둥이 옆에 엎드리며 주변을 탐색했다. 다행히 강 건너 대형 확성기에서 시끄럽게 울려 대는 노랫소리 덕에 귀가 아플 정도로 산만했다.

저 아래 강기슭을 내려다보자 불이 켜진 초소 하나가 소원의 눈에 들어왔다. 창가에 비친 최 중위는 군복을 풀어 헤치고 독주를 들이키며 담배 연기를 안주 삼아 삐끔거렸다. 그곳에서부터 꽤나 떨어진 나무들 사이로 삐죽 튀어나온 철제 구조물이 소원의 시야에 포착됐다. 할머니가 얘기했던 확성기 탑이었다.

"막둥아, 지금부터는 절대로 소리 내서 말하면 안 돼. 알았지?"

소원이 속삭이자 막둥이가 씩씩하게 씨익 웃으며 고개를 끄덕였다. 먼저 시범을 보이기 위해 소원은 확성기 탑 방향으로 낮은 포복을 시작했다. 뒤에서 막둥이도 누나의 동작을 그대로 따라 하며 기어 내려갔다.

가까이에서 마주한 확성기 탑은 마치 뼈만 남기고 죽은 거인처럼 거대하고 초라했다. 다행히 밑동 철근 사이로 기어 들어갈 수 있는 틈이 넉넉했다. 소원은 막둥이부터 들어가게 한 다음, 나란히 합류하여 둥지를 틀었다.

강 건너편에서 보이던 화려한 불빛쇼가 이곳 탑 아래에서는 더욱 선명하게 보였다. 긴장하며 주변을 감시하는 소원 옆에서 막둥이가 속삭였다.

"뭐라고 써 있는 거야, 누나?"

잔소리를 하려고 막둥이를 휙 봤다가 빛을 반사시키는 판다곰 인형 속 두 눈이 너무나 예뻐서 그만 소원의 마음이 누그러졌다.

"환영합니다. 우리를 환영한대."

소원이 반짝이는 대형 전광판을 조용히 읽으며 말했다.

"우아! 그럼 우리가 온 거이를 아나?"

"그런가 보지, 뭐."

"그럼 멋쟁이 아저씨도 내 온 거 이제 알겠네?"

웬일인지 소원은 짜증을 내지 않고 막둥이를 담백히 타일렀다.

"응. 그러니까 아침까지 우리 조용히 눈 좀 붙이고 있자, 막둥아."

"응, 누나! 신난다. 히히."

소원은 다시 긴장하며 주변을 경계하는 반면, 막둥이는 눈을 지그시 감더니 강 건너에서 울려 퍼지는 대북 방송에 조용히 귀를 기울였다.

"자, 그럼 다음 곡을 들어 볼까요?"

여성 앵커의 부드러운 목소리가 흘러나왔다.

"그룹 무한궤도 출신으로 유명하죠. 신해철 씨가 부릅니다. 슬픈 표정하지 말아요."

강바람을 타고 오르골 전주가 잔잔히 울려 퍼졌다. 지금껏 들어 본 적 없는 멜로디에 막둥이가 다시 눈을 뜨며 집중했다.

"이 세상 살아가는 이 짧은 순간에도 우린 얼마나 서로를 아쉬워하는지."

마치 자기들을 위로하듯 마음을 매만지는 노랫말에 소원은 참지 못하고 막둥이가 보지 못하도록 고개를 푹 돌렸다.

"뒤돌아 바라보면 우린 아주 먼 길을 걸어왔네."

홍 할머니의 축 늘어진 시신은 보위원들에 의해 역전 밖으로 질질 끌려나갔다. 핏물이 흥건한 손수건으로 귀를 부여잡고 있는 하 철용 과장 옆에 김 반장이 잔뜩 주눅 든 채 서 있고, 그들 뒤편 저 구석에는 매춘부가 참담한 심정으로 홍 할머니의 마지막을 몰래 지켜보고 있었다.

"조금은 야위어진 그대의 얼굴 모습 빗길 속을 걸어가며 가슴 아팠네."

리 교사가 끄는 수레에 눕혀진 영란은 차가운 주검이 되어 돌아왔다. 손전등으로 시신을 확인한 영란의 어머니는 믿기지가 않는지 딸의 곁을 떠나지 못했다.

"얼마나 아파해야 우리 작은 소원 이뤄질까."

확성기탑 아래에서 노래를 듣던 막둥이가 가사 속 낯익은 단어에 해맑게 웃었다.

“어? 누나 이름이네? 소원.”

그러나 여태 고개를 돌리고 있던 소원의 뺨은 젖어 있었다. 대형 전광판의 불빛들이 그녀의 슬픈 표정을 타고 쉼 없이 반사되었다. 가슴 저미는 밤하늘 저편에서 동이 옅게 트기 시작했다.

***

아침 갯벌은 침침한 안개로 자욱했다. 계 중급병사가 인원을 점검하는 동안, 최 중위는 옆에서 머리를 긁적이며 하품을 쩍쩍 해 댔다.

“오늘은 총 열두 명입니다. 한 명이 안 나왔습니다, 동지.”

신문지를 돌돌 말아 귀에 꽂는 조개꾼들 사이에서 박 할머니의 시선이 걱정스레 홍할머니를 찾아 두리번거렸다.

“그냥 들여보내.”

새벽까지 마신 숙취에 붉은 얼굴이 팅팅 부은 최 중위가 초소로 돌아가며 대충 말했다.

“예. 전원 갯벌 진입 준비!”

계 중급병사의 호령에 조개꾼들은 양말을 벗어 신발 속에 구겨 넣었다. 양말을 미리 벗어 놓은 박 할머니의 초조한 시선이 초소 뒤 바위로 향했다. 보일 듯 말 듯, 브로커가 바위 측면에서 고개를 내밀어 그녀를 주시하고 있었다.

맨발의 조개꾼들이 1열로 대기하자 계 중급병사가 또랑또랑한 목소리로 당부했다.

"다들 잘 들으십쇼. 한계선은 절대 침범하지 않도록 주의들 하시고, 물이 만약 예정 시간보다 일찍 들어오면 즉시 나오십쇼. 그리고 나무 상자 같은 걸 보게 되면 절대로 건들지 말고 무조건 피해서 움직이십쇼. 지뢰일 수 있으니까. 알겠습니까?"

"예."

"전원, 진입!"

바구니를 든 조개꾼들이 뒤를 돌아서 물 빠진 강으로 걸어 들어갔다. 박 할머니가 뻘로 들어가기 전 브로커가 볼 수 있도록 바구니를 탁탁 털어 내듯 두 번 쳤다.

신호를 확인한 브로커는 그제야 자리에서 일어서며 신속히 작전 개시를 시작했다.

소원과 막둥이는 확성기 탑 아래에 곤히 잠들어 있었다. 날이 밝을 때 보니 소원의 얼굴도, 막둥이의 판다곰 인형도 온통 시커먼 흙과 먼지로 뒤덮여 있었다.

"어이!"

갑작스런 부름에 소원이가 먼저 눈을 번쩍 떴다. 녹슨 철근 사이로 뚱한 표정의 브로커가 그들을 무섭게 쳐다보고 있었다.

"홍씨 할매 손녀딸 맞지?"

잠결에 잠시 잊었던 현실이 소원의 마음을 꾸욱 짓눌렀다.

"예……."

브로커는 소원 옆에 여태 잠들어 있는 인형 꼬마가 수상했다.

"재는 뭐야?"

"동생인데요."

"이런 씨……. 한 명이라고 해 놓고는."

그때, 막둥이도 벌떡 고개를 들었다가 철근에 쿵 머리를 박았다.

"아이쿠."

아이의 엉뚱한 모습에 브로커는 피식 웃을 뻔했다가 다시 인상을 썼다.

"할매는 어딨어? 뻘에도 없던데."

소원이 시무룩한 표정으로 고개를 절레절레 흔들었다.

"그럼 니들 둘이서 여까지 왔다고?"

"예……."

인형 속 얼굴을 긁으며 막둥이가 끼어들었다.

"멋쟁이 아저씨는요?"

"뭐?"

"내 멋쟁이 아저씨는 어디 있어요?"

창피해진 소원이 막둥이의 입을 틀어막았다. 여기까지 아무것도 모르고 온 두 녀석들이 애처로웠는지 브로커는 더욱 인상을 쓰며 툭 내뱉었다.

"나와 날래. 시간 없어."

“저기 저, 왼쪽에서 세 번째 할매 보이지?”

브로커의 검지가 갯벌에 나가 있는 박 할머니를 가리켰다.

“예.”

소원이 고개를 끄덕였다.

브로커와 아이들은 갈대숲 뒤에 숨어서 뻘을 내다보고 있었다.

“저 할매가 뛰기 시작하면 니들도 같이 뛰면 되는 거야.”

“군인들은요?”

소원의 목소리가 두려움에 옮게 떨렸다.

"내래 최대한 방해해 볼 거니까 그저 뒤도 보지 말고 무조건 앞으로 뛰어."

"그래도 가만있지 않을 텐데……."

브로커는 의기소침해진 소원을 힐끔 보더니 덧붙였다.

"저짝에, 쫙 깔린 저 쇳대들 보이나?"

갯벌 한가운데 뛰엄뛰엄 박혀 있는 쇠말뚝들을 확인한 막둥이가 먼저 소리쳤다.

"예!"

"쉿!"

소원이 막둥이의 입을 꾸욱 누르며 물었다.

"저게 다 뭐예요?"

"한계선이라는 건데 저걸 넘는 순간 남쪽 군인들이 생지랄을 떨 거거든? 그럼 우리 쪽 군인들도 니들을 어째 함부로 못 해. 그러니까 그때부터 안전해진다는 뜻이지."

진지하게 끄덕이는 소원 옆으로 무슨 말인지 하나도 이해가 안 된다는 듯 막둥이가 가려운 머리를 박박 긁어 댔다. 브로커는 그런 막둥이가 볼수록 귀여운지 판다곰 인형 정수리를 살며시 쓰다듬었다.

"근데 이건 왜 쓰고 있는 거라?"

"누나가 벗지 말라고 해서요."

"응?"

소원은 브로커가 더 묻기 전에 먼저 답했다.

"아, 그냥…… 얘가 지내 좋아하거든요. 판다곰을."

브로커는 선뜻 이해가 되지는 않았지만 그저 피식 웃어넘겼다.

"근데요, 아저씨는 안 가요?"

막둥이가 브로커를 올려다보며 물었다. 뜬금없는 질문에 브로커의 얼굴이 다시 두꺼운 무표정으로 돌아왔다.

"응. 안 가."

"왜요?"

막둥이가 또다시 물었다.

"난 여기가 더 좋거든."

그러자 소원도 그를 조용히 바라봤다. 아이들의 순진무구한 시선이 불편했는지 브로커는 재빨리 일어서며 마지막 인사말을 남겼다.

"행운을 빈다. 둘 다."

박 할머니는 조개를 대충 캐다 말고 강기슭 쪽으로 고개를 슬쩍 돌렸다. 계 중급병사가 꼿꼿이 서서 갯벌을 감시 중이었다. 그때, 그녀 뒤로 조심스레 접근하는 브로커가 시야에 들어왔다. 긴장감 속에 박 할머니의 맥박이 마구 요동치기 시작했다.

"저기, 군인 동무?"

브로커가 계 중급병사에게 최대한 상냥하게 말을 붙였다. 그러나 계 중급병사는 그를 돌아보자마자 어깨에 메고 있던 소총을 겨누며 경고했다.

"뭐야, 니. 여기 제한 구역인 거 모르나?"

그러자 브로커가 두 팔을 척 들어 올리며 애써 침착히 설명했다.

"아, 압니다. 제한 구역인 거 잘 압니다. 내래 이상한 사람 아니요, 동무.

그저, 비상사태가 발생해서 이렇게 도움을 청하러 내려왔습니다."

"무슨 비상사태."

"제 동생이 저 위에서 지뢰를 밟았지 뭡니까. 한 번만 도와주십쇼."

"지뢰?"

"예. 무서워 죽겠습니다, 동무."

그제야 총구를 아래로 내린 계 중급병사는 잠깐 기다리라는 말을 남기며 초소로 들어갔다. 그러는 동안 브로커는 갯벌 안의 박 할머니와 눈빛을 교환했다.

"드르르렁!"

초소 내부는 말 그대로 가관이었다. 초여름의 눅눅함 속에 독한 알콜 냄새와 쉰내가 한데 섞여 진동했다. 그럼에도 최 중위는 세상 모르고 코를 골아 대며 책상에 두 발을 떡하니 올린 채 잠들어 있었다.

"최 중위 동지."

아무리 불러도 일어날 기미를 보이지 않자, 계 중급병사는 그의 볼살을 꼬집었다. 그제서야 최 중위가 두꺼운 실눈을 뜨며 계 중급병사를 바라봤다. 계 중급병사가 그에게 상황을 설명했다.

"지뢰? 가서 한번 보고 오라. 쩝……."

최 중위는 별일 아닐 거라는 듯 건성으로 반응하더니 넉살 좋게도 잠을 계속 청했다.

계 중급병사는 왠지 모를 불안감을 뒤로하고 초소 밖으로 나가 브로커에게 쏘아붙였다.

"앞장서시요, 그럼. 가서 확인이나 한번 해 봅시다."

"예! 감사합니다, 동무. 정말 감사합니다."

브로커는 연신 굽신거리며 초소 뒤쪽 산길로 그녀를 안내했다.

그들이 숲으로 사라지는 걸 두 눈으로 확인한 박 할머니는 심장이 두근거려 미칠 것만 같았다. 그러면서도 한 걸음, 한 걸음씩 아무도 눈치채지 못하게 슬그머니 진흙 속을 내디디며 앞으로 나아갔다.

한편, 갈대 뒤에서 박 할머니를 지켜보던 소원과 막둥이는 헷갈렸다.

"저 할머니 움직인 거이 아니야, 누나?"

"지금은 아니야. 아직 뛰는 게 아니잖아."

두 꼬마는 눈에 더욱 힘을 주며 목표물을 노려봤다.

같은 시각. 책상 위에 널부러져 있던 최 중위의 발 한짝이 철퍼덕 바닥으로 미끄러졌다.

"으응…… 쩝쩝……."

최 중위는 단잠에서 깨자마자 찾아온 갈증에 책상 모퉁이에 놓여진 수통을 향해 두툼한 손을 뻗었다. 그러나 수통은 바닥에 곤두박질치며 안에 있던 물을 전부 다 토해 냈다. 최 중위는 얼른 집어 들어서 급한 대로 남은 물기라도 탈탈 털어 봤지만 남은 것이라고는 고작 몇 방울뿐이었다.

"아우……."

세상에서 제일 움직이기 싫어하는 인간의 표정으로 그는 드디어 의자에서 일어섰다.

박 할머니는 강기슭을 한번 더 돌아봤다. 아무도 없는 것을 재차 확인하더니 냅다 뛰기 시작했다.

그녀를 예의주시하던 소원은 이때다 싶었다.

"막둥아, 뛰라!"

누나의 외침에 막둥이도 갈대 사이를 뚫고 튕기듯 달려 나갔다. 손을 꼭 붙잡은 둘은 질퍽한 진흙 위를 악착같이 내달렸다.

귓가에 신문지를 돌돌 말아 넣은 조개꾼들 옆으로 소원과 막둥이가 쌩 지나가자 모두가 멍해졌다. 전방을 보니 두 꼬마와 박 할머니가 간격을 두고 한계선을 향해 달려 나가고 있었다.

서로의 눈을 끔뻑끔뻑 마주 보던 조개꾼들이 마치 약속이라도 한 듯이 강기슭을 한꺼번에 돌아봤다. 초소 앞에 계 중급병사가 없다는 사실을 포착한 그녀들은 하나둘씩 바구니를 내팽개치며 뛰기 시작했다.

"여깁니다."

브로커가 가리키는 곳에는 웬 깡마른 사내가 한쪽 발로 뭔가를 밟고 있었다. 계 중급병사가 다가서며 확인해 보니 갯벌에서도 늘 문제가 되어 왔던 낡은 목함 지뢰였다. 파르르 떨며 서 있는 마른 사내의 턱 밑에서 땀이 톡 떨어졌다.

"철퍼덕! 철퍼덕!" 하는 발자국 소리들이 뒤에서 떼지어 들려오자 박 할머니는 뒤를 돌아봤다가 깜짝 놀라 입을 다물지 못했다.

이게 웬걸, 깡다구 좋은 조개꾼 다섯 명이 계획에도 없던 탈주를 강행하고 있는 게 아닌가. 제일 끝에 보이는 소원과 막둥이는 이미 그녀들에게 추월당해 뒤로 밀리고 있었다. 박 할머니는 결국 질주를 멈추고 뒤돌아 꼬마들을 향해 달려갔다.

조개꾼 무리를 지나 소원과 막둥이에게 헉헉대며 다가온 박 할머니는 안도와 동시에 걱정이 앞섰다.

"홍씨 할매는?"

소원도 멈춰 서며 답했다.

"못 오셨어요……."

"아니, 어쩌다가?"

그때였다.

"탕!"

순간 박 할머니가 휘청이더니 진흙 속에 푹 고꾸라졌다.

너무도 순식간에 찾아온 처참한 광경에 소원과 막둥이는 실감도 못 한 채 그저 우두커니 서 있기만 했다. 박 할머니는 가슴에서 울컥울컥 내뿜어대는 피를 꾹 막으며 말했다.

"뛰라…… 어서……."

그때 두 번째 총성이 울렸다.

총탄이 소원을 가까스로 피해 박 할머니의 얼굴에 마치 수박씨처럼 박혔다. 그러고는 전원이 꺼진 듯 그녀는 즉사했다. 이게 대체 무슨 일인가. 소원은 어리둥절한 표정으로 강기슭 쪽을 돌아봤다.

초소 앞으로 나온 최 중위는 연기가 피어오르는 소총을 다시 조준하더니 아이들을 향해 겨눴다.

그제야 뒤늦은 소름이 온몸에 싸하게 번진 소원이 막둥이의 손을 다시 척 잡더니 조개꾼들을 따라 남쪽으로 미친 듯이 질주했다.

한편, 목함 지뢰의 뇌관을 분리 중이던 계 중급병사는 고개를 벌떡 들어 올렸다.

"방금 총소리 아니였습니까?"

브로커의 한마디에 계 중급병사가 헐레벌떡 산길을 뛰어 내려갔다.

그녀가 사라지자 깡마른 사내가 지뢰에서 발을 쓰윽 뗐다. 브로커가 그에게 1달러 지폐 다섯 장을 수고비로 건넸다.

최 중위는 이제 아예 펄 속으로 걸어 들어온 참이었다. 저 멀리 도주자들이 한계선에 무척이나 가까워지는 걸 보자 오금이 저려 왔다.

“이런 썅.”

최 중위는 일단 제자리에 멈춰 서더니 숨을 길게 내쉰 뒤 다시 총구를 조준했다.

“탕!”

“으악!”

소원과 막둥이의 측면에서 달리던 조개꾼이 피를 튀기며 엎어졌다.

놀란 소원이 다리가 풀려 진흙 위로 미끄러졌다.

"누나!"

막둥이가 있는 힘껏 누나를 다시 일으켜 세웠다. 소원의 입에서 금방이라도 울음이 툭 튀어나올 것 같았지만, 막둥이의 손을 더욱 꾹 잡으며 오기로 계속 내달렸다.

속이 검게 타들어 가기는 최 중위도 마찬가지였다.

"하나, 둘, 서이, 너이. 다섯, 여섯……."

아직 여섯 명이나 더 남았다. 최 중위는 한계선에서 가장 가까운 순으로 침착하게 방아쇠를 철컥 당겼다.

"탕!"

"흐억!"

이번에는 소원과 막둥이보다 고작 몇 걸음 앞에서 허겁직겁 뛰던 조개꾼이 픽 쓰러졌다. 소원은 마치 장난처럼 달려드는 총탄의 위력에 등골이 오싹해졌다. 하지만 계속 도망치는 것 외에는 달리 살길이 없었다.

총성의 간격이 점점 짧아졌다. 한계선에서 두 번째로 가까워지고 있던 조개꾼 옆으로 총탄이 비켜 가며 진흙에 박혔다. 운이 좋았다. 그러나 바로 "탕!" 소리와 함께 결국 그녀는 목이 터져 나가며 털썩 나자빠졌다.

“탕!”

쉬지 않고 계속되는 총성에 남한 병사들도 움직이기 시작했다. 망원경으로 재차 확인 중이던 경계병이 후임에게 다급히 외쳤다.

“본부에 보고해! 빨리!”

초소로 뛰쳐 들어온 계 중급병사는 몸의 일부처럼 늘 쓰고 다녔던 군모가 없어진 줄도 모르고 군용 전화기를 집어 들었다. 상부와의 교신을 위해 다이얼을 돌리는 동안 그녀의 손가락이 자꾸 제멋대로 떨렸다. 누군가 전화를 받자, 계 중급병사는 마치 죄를 뉘우치기라도 하듯 자백했다.

“비상사태 발생. 비상사태 발생.”

밖에서 또 한 차례의 총성이 울렸다.

그새 갯벌 깊숙이 진입한 최 중위의 총구는 독기로 뜨거워져 있었다. 이제 아이들 두 명까지 포함해서 총 세 명이 남았다.

“철커덕.”

최 중위는 빠른 마무리를 위해 발사 방식을 단발에서 연사로 바꿨다. 방아쇠를 당기자 총탄이 연속으로 빗발쳤다.

“퍽! 퍽! 퍽! 퍽!”

마지막 조개꾼의 등짝에 여러 발의 구멍이 나란히 뚫렸다. 소리도 한 번 못 지르고 엎어지는 그녀를 보며 소원은 서슬 퍼런 총구가 바로 자기 뒤에 있는 듯한 공포감을 느꼈다. 그나마 불행 중 다행히도 한계선은 이제 눈앞 가까이에 와 있었다. 녹슨 쇳대를 향해 악을 쓰며 달려가던 그때, 옆에서 “타타타타탕!” 하며 비스듬한 일직선으로 진흙들이 마구 튕겨 올랐다.

“으악!”

이번에는 막둥이도 식겁하며 미끄러졌다.

아이들이 넘어진 틈을 타고 최 중위는 마지막이라는 기대감에 방아쇠를 다시 힘껏 당겼다. 그러나 하필 그때 탄창이 바닥났다. 초소에 벨트를 풀어놓은 탓에 여분도 챙기지 못한 자신이 이토록 원망스러울 수가 없었다.

“개쌍!”

최 중위는 총을 버리더니 타다닥 전속력으로 질주하기 시작했다. 아이들을 직접 잡아오는 방법 말고는 더 이상 남은 대안이 없었다.

막둥이를 일으켜 세운 소원은 저 뒤에서 최 중위가 무서운 속도로 달려오는 것을 보고도 더는 두려워할 힘이 남아 있지 않았다.

“날래 가자.”

소원과 막둥이의 뜀박질은 현저히 느려졌다. 무거워진 종아리와 허벅지는 마치 남의 것처럼 말을 듣지 않았다. 그래도 어기적어기적 한계선 쇳대 안쪽으로 간신히 넘어갔다.

하지만 승전포라도 울릴 줄 알았던 남쪽에서는 아무런 반응을 해 오지 않았다. 오히려 뒤에서 맹수처럼 덤벼 오는 최 중위와의 거리만 부리나케 줄어들 뿐이었다.

바로 그때였다. 남측 확성기에서 쉴 새 없이 떠들어 대던 대북 방송이 갑자기 뚝 끊기더니 웅장한 사이렌 소리가 온 갯벌을 휘어 감았다.

“왜애애애앵!”

그제야 만신창이가 된 최 중위도 패배를 인정하듯 멈춰 섰다.

"필승!"

우렁찬 경례를 받으며 석 중령이 걸어왔다. 검게 그을린 그의 얼굴은 짙은 선글라스로 가려졌지만 제왕적이고 위협적으로 보이기에 충분했다. 옆에서 그를 보좌하는 윤 소령은 반대로 희고 동글동글했다. 석 중령은 윤 소령이 건네는 마이크를 받아 들더니 목을 가다듬었다. 그러고는 진지하게 입을 열었다.

"아, 아. 경고한다. 경고한다. 귀하는 북방 한계선을 이탈했다."

그때, 뒤에서 윤 소령이 조심스레 끼어들었다.

"저기, 대대장님. 마이크가 꺼져 있습니다."

민망하지만 표정의 변화 하나 없이 석 중령은 철컥 마이크의 스위치를 켰다.

"삐이익!"

사방으로 터지는 스피커의 하울링 소리에 막둥이와 소원이 몸을 움츠렸다. 곧이어 출렁이는 에코와 함께 석 중령의 딱딱한 목소리가 대형 확성기를 통해 울려 퍼졌다.

"경고한다. 경고한다. 귀하는 북방 한계선을 이탈했다."

"뭐라는 거야, 누나?"

"나도 몰라."

소원이 뒤를 돌아봤다. 어느새 최 중위는 북쪽 강기슭으로 다시 돌아가고 있었다. 그제야 안도하며 그녀의 시선이 남측으로 향했다. 아득히 보이는 저곳에는 사람인지 나무인지 분간이 잘 안 갈 정도로 작은 실루엣들이 열을 맞춰 서 있었고, 딱딱한 석 중령의 목소리가 계속해서 흘러나왔다.

"귀하는 대한민국으로 귀순을 요청할 의사가 있습니까?"

땀과 누군가의 피, 그리고 진흙을 흠뻑 뒤집어쓴 막둥이가 소원에게 물었다.

"귀순이가 또 무슨 말이야?"

소원은 불편하도록 낯선 이 상황에 고개만 절레절레 흔들었다.

"내도 몰라, 막둥아……."

"반복한다. 귀하는 대한민국에 귀순 요청을 할 의사가 있습니까?"

막둥이는 고개를 갸우뚱하며 누나의 손만 꾹 붙잡을 뿐이었다.

뿔테 안경을 쓴 윤 소령이 망원경을 내리며 고민 끝에 입을 열었다.

"저, 대대장님. 아무래도 목표물이 아이들이라 우리 질문의 뜻을 잘 이해하지 못하는 것 같습니다."

석 중령은 일리가 있다는 듯 끄덕이더니, 마이크에 대고 말했다.

"얘들아?"

그의 겉모습과 전혀 어울리지 않는 착한 모습이었다.

"한국, 아니, 남한…… 아니, 남조선에 오고 싶니?"

그제야 소원과 막둥이의 눈빛이 반짝였다.

"남조선? 할머니가 남조선에 가라고 했잖아, 누나."

"맞아. 날래 대답하자, 막둥아."

소원이 남측을 향해 목청껏 소리 질렀다.

"예!"

옆에서 막둥이도 소원을 그대로 따라 외쳤다.

"예!"

망원경으로 아이들을 살피던 윤 소령은 고무된 듯 또 다른 제안을 했다.

"대대장님, 아무래도 목표물이 긍정적인 반응을 보이고 있는 것 같기는 한데 말입니다. 조금 더 확실한 의사 표시가 필요합니다. 심지어 한 아이는 곰으로 추정되는 인형까지 쓰고 있어서 입 모양만으로는 의사를 판단하기가 어렵다고 생각됩니다."

석 중령이 잠시 고민하더니, 입을 열었다.

"얘들아? 너희들 혹시 남조선에 오고 싶으면 두 팔을 좀 흔들어 줄래?"

그러자 소원이 먼저 두 팔을 번쩍 들었다.

"얼른 흔들어, 막둥아. 두 팔을 흔들래!"

막둥이도 곧장 따라서 팔을 마구 흔들어 댔다. 그제야 윤 소령은 망원경을 내리며 소리쳤다.

"흔듭니다! 두 팔을 흔듭니다, 대대장님!"

석 중령도 드디어 표정이 밝아지며 망원경으로 상황을 재확인했다. 렌즈 속에 비친 막둥이와 소원이가 폴짝폴짝 뛰기까지 하며 팔을 열심히 흔들고 있었다. 석 중령은 망원경을 내려놓더니, 거무잡잡한 피부에 비해 과하게 새하얀 치아를 드러내며 부하들을 향해 멋있게 내뱉었다.

"수고했다, 모두."

"총원 차렷! 필승!"

부하들의 축하 속에 윤 소령도 석 중령에게 깍듯이 경례했다.

"축하드립니다, 대대장님."

소원이는 이제 더 이상 뛸 힘도, 팔을 흔들 기력도 없었다.

"언제까지 이렇게 하고 있어야 돼, 누나?"

"몰라. 무슨 설명이 있겠지, 뭐."

그때, 북쪽 확성기에서도 "삐이익" 하고 찢어질 듯한 하울링이 울려 퍼졌다.

"으윽!"

소원과 막둥이가 인상을 찌푸리며 돌아봤다. 잠시 뒤, 감정에 호소하는 중저음의 목소리가 들려왔다.

"조국을 버리지 말아요, 동무들."

북측 진영에서 윤기 번드드르한 로 상좌가 마이크에 대고 연설문을 낭독했다.

"우리는 동무들의 마음을 무조건적으로 이해합니다."

옆에서 수화기를 귀에 댄 리 대위가 쓱싹쓱싹 뭔가를 받아쓰더니 신속히 로 상좌 앞에 내비췄다.

"우리는 당의 넓은 아량으로 동무들의 죄를 깨끗이 용서할 것을 약속합니다. 그러니 조국의 품으로 그만 돌아와요, 친애하는 동무들."

로 상좌는 거의 실시간으로 쓰여지는 리 대위의 글을 흐트러짐 없이 읽어 내려갔다.

북측의 방해 작전에 석 중령이 벌써 흥분하기 시작했다. 그의 불 같은 성질머리를 잘 아는 윤 소령이 간곡히 당부했다.

“대대장님, 여기서 절대 욱하시면 됩니다.”

석 중령은 “후우” 하고 긴 심호흡으로 마음을 가라앉히더니, 마이크를 경건히 집어 들었다.

“애들아? 너희는 이제 우리가 보호해 줄 거니까 저쪽의 쓸데없는 얘기들은 듣지 말고, 계속 우리 쪽으로 걸어오기만 하면 돼. 알았지?”

북쪽의 로 상좌는 개의치 않고 새로 추가된 글을 계속해서 능숙하게 읽어 내려갔다.

“친애하는 동무들, 저들은 동무들을 보호해 주지 못합니다. 왜냐하면 저들은 사실 자기 스스로도 제대로 보호하지 못하는 반네미 꼭두각시들에 불과하거든요.”

중간에서 이러지도 저러지도 못하며 서 있는 소원과 막둥이는 안중에도 없이, 마치 어린이 방송을 방불케 하는 어른들의 유치한 말싸움은 점차 격해져 갔다.

"뭐? 꼭두각시?"

석 중령이 버럭했다.

"대대장님, 진정하셔야 합니다. 외교적으로 생각하십쇼."

윤 소령의 중재에도 석중령의 콧구멍이 매섭게 벌렁거렸다.

"꼭두각시라니? 야! 니들 말 다 했어?"

로 상좌는 석 중령의 감정적 반응에 자신감이 생겼는지 연설문을 보지도 않고 증흑적으로 받아치기 시작했다.

"허허. 동무들, 잘 봤죠? 저렇게 무턱대고 화부터 내 버리는 거이 저들의 오래된 특성입니다. 저런 성격 나쁜 꼭두각시들의 말을 어떻게 믿을 수 있겠습니까. 안 그래요, 우리 동무들?"

그러자 석 중령은 기가 막힌다는 듯 선글라스를 벗더니 독사 같은 두 눈으로 억지로 착한 표정을 지으며 역공을 시도했다.

"애들아? 아저씨 말 잘 들어. 니들 만약 쟤네한테 다시 돌아가면 집이 아니라 분명히 아주 안 좋은 곳으로 끌려가게 될 거야."

드디어 로 상좌도 눈 밑이 파르르 떨리기 시작했다.

"거 참! 뭐? 끌려가? 끌려가긴 대체 어딜 끌려간단 말이라? 얘들아, 저 꼭두각시 반동분자 새끼들의 헛소리는 애당초 들을 필요도 없다, 야."

시끄러운 티격태격 속에서 막둥이가 소원을 보며 물었다.

"저 아저씨들 자꾸 뭐라고 혼내는 거야, 누나?"

당황한 소원도 양쪽을 번갈아 보더니 허망한 듯 막둥이에게 대답했다.

"막둥아, 우리 저 아저씨들 말 듣지 말고 그냥 할머니가 시킨 대로 하자. 어때?"

"응, 누나. 멋쟁이 아저씨 보러 가야지?"

"그래, 가자."

마침내 소원이 막둥이의 손을 잡으며 남측 진영으로 걸음을 옮기기 시작했다. 그러나 그들이 향하는 길목 앞 진흙 속에 웬 사각 모서리 하나가 빼꼼 고개를 내밀고 있었다.

망원경으로 상황을 계속 주시하며 확인하던 윤 소령이 다시 환한 목소리로 외쳤다.

"오고 있습니다! 아이들이 알아서 우리 쪽으로 오고 있습니다!"

"와아!"

뒤에서 지켜보던 간부들과 사병들은 무슨 스포츠 경기라도 관람하듯 환호하며 박수쳤다.

그제서야 선글라스를 다시 쓱 쓰는 석 중령은 승기를 거머쥐었다는 안도감에 억눌렀던 스트레스를 길게 내쉬었다.

"하아……."

반면, 로 상좌는 군복 정모를 땅에다 퍽 패대기쳤다. 윤기 흐르던 얼굴이 그새 무척이나 일그러졌다.

"니미, 저 아새끼들 저래 뺏겨 버리면 니들도 다 뒈질 줄 알라!"

부하들에게 씩씩대는 그의 앞으로 리 대위가 누군가를 데리고 왔다.

"동지, 소개시켜 드릴 동무가 하나 있습니다."

로 상좌와 마주 보며 각 잡힌 차렷 자세로 서 있는 사람은 귀에 피 묻은 붕대를 붙인 부위부 하철용 과장이었다. 한결같이 인간미 없는 눈웃음을 지으며 하 과장이 입을 열었다.

"동지, 어쩌면 동지께 도움이 될 수도 있는 정보를 좀 드릴까 해서 이래 찾아왔습니다."

로 상좌는 지푸라기라도 거두는 심정으로 눈을 치켜떴다.

꾸준히 남쪽으로 전진하는 소원과 막둥이는 이제 진흙 속에 튀어나온 사각 모서리와 몇 걸음도 채 남겨 두지 않았다. 그걸 보지 못하고 또 한 걸음을 철퍼덕 내딛는데, 북측에서 로 상좌의 음성이 다급히 흘러나왔다.

"동무들? 동무들한테 할머니가 있다면서요?"

그 말에 소원과 막둥이가 걸음을 멈추며 북쪽을 돌아봤다.

"할머니라고 했지, 누나?"

아이들이 반응하자 로 상좌는 마이크에 대고 더욱 열심히 유혹했다.

"할머니가 동무들을 많이 보고 싶어 하신다고 방금 누가 알려 왔네요?"

옆에서 하 과장이 뿌듯한 시선으로 이를 지켜봤다.

"누나, 우리 할머니한테 가 봐야 하는 거 아니야?"

막둥이의 질문에 소원의 눈시울이 금새 뜨거워졌다. 하지만 눈가를 쓰윽 닦으며 차분하게 대답했다.

"막둥아, 저거이 다 거짓말이라……."

"응? 거짓말? 누나가 어째 알아, 거짓말인지?"

"할머니는 남조선에서 우리를 만나기로 했으니까."

"근데, 진짜 저기서 우릴 기다리고 있으면 어쩌려구?"

"할머니가 우리한테 언제 한 번이라도 거짓말한 적 있어?"

"음…… 아니."

"그러니까 할머니가 가라고 한 쪽으로 가서 우리는 기다리고 있으면 되는 거야."

막둥이가 다시 수긍이 가는지 누나의 손을 잡아당겼다.

"응! 그럼 날래 가자, 누나. 남조선으로."

계속해서 남쪽으로 걸음을 옮기는 그들과 진흙 속에 튀어나온 사각 모서리는 이제 겨우 네 걸음 정도의 거리에 있었다.

"대대장님! 큰일 났습니다!"

망원경을 유심히 들여다보던 윤 소령이 갑자기 소리쳤다.

"쟤들 앞에 지뢰가 하나 있습니다!"

석 중령도 잽싸게 망원경을 들어 확인했다. 렌즈 속에 포착되는 사각 모서리는 목함 지뢰가 확실했다.

막둥이와 소원이는 이제 지뢰를 두 걸음 남짓 남겨 두고 있었다.

"안 돼! 오지 마!"

소원과 막둥이는 확성기에서 울컥 튀어나오는 석 중령의 거친 외침을 듣지 못했다. 오던 대로 한 걸음을 앞으로 내밀었다가 막둥이의 작은 발이 덜컥 지뢰를 밟고 말았다.

"헉!"

석 중령과 윤 소령이 움찔하며 고개를 돌렸다. 그러나 예상했던 폭발음은커녕 바람 소리만 휘익 스쳐 갔다. 그러자 윤 소령이 꾹 감았던 눈을 먼저 떴다.

"어? 안 터졌습니다, 대대장님."

그제야 고개를 돌린 석 중령은 마이크에 대고 성급히 침을 튀겼다.

"야! 거기 남자아이! 움직이지마! 그대로 있어! 스톱! 스톱!"

석 중령이 왜 저토록 난리인지 소원은 아직도 이해가 안 됐다.

"지뢰! 지뢰를 밟았다고!"

지뢰라는 소리에 소원이 설마설마하며 막둥이의 발을 내려다봤다가 얼어붙었다.

"가만있어, 막둥아……. 너 움직이면 안 돼……."

누나가 덜덜 떨며 두 손으로 자신의 어깨를 붙잡자 막둥이는 멍하니 얼음이 되었다.

"왜…… 누나?"

로 상좌도 이 상황을 망원경으로 확인하고 있었다.

"이런 썅. 하필 또 지뢰를 밟으면 어쩌자는 거이가."

옆에서 하 과장이 아무도 못 보게 고개를 살짝 돌리더니 오히려 잘됐다는 눈빛으로 조용히 실룩거렸다.

소원은 다리가 후들거렸지만 애써 태연히 막둥이를 달랬다.

"막둥아, 이 나무 상자에서 절대로 발 떼면 안 돼. 알았지?"

"돼거. 이거이 그렇게 중요한 거야?"

"응. 지내 중요한 거야……. 그러니까 조금만 참자, 우리. 그럴 수 있지?"

"응, 내 사실 아무렇지도 않다."

사태 파악이 아직 안 된 막둥이가 그저 씩씩하게 답했다. 그러면서 밟고 있는 물건을 다시 한번 내려다봤다. 그러나 조금전까지만 해도 별로 많지 않던 물이 어느덧 발밑으로 얕게 찰랑이고 있었다.

"어? 물이 많아졌는데, 누나?"

석 중령은 우려스레 망원경을 내렸다.

"오늘 물때가 어떻게 되지?"

"예, 금일 만조 시간은 17시 21분으로 되어 있습니다. 다만 저 아이들의 키 높이까지 물이 차오르는 건 네 시간 정도밖에 걸리지 않을 것으로 계산이 됩니다."

윤 소령의 브리핑에 석 중령이 초조한 듯이 손목을 확인했다. 시계는 오전 8시 53분을 가리키고 있었다.

"유엔은?"

석 중령이 묻자 윤 소령이 난감하다는 듯 버벅거렸다.

"아…… 유엔 헬기는 그러니까, 시간이 좀 더 걸릴 것 같습니다."

"아니, 왜? 얼마 멀지도 않은데."

"그게…… 사태가 좀 심각해졌습니다, 대대장님."

석 중령이 김빠진다는 듯 윤 소령을 쳐다봤다.

용산의 미군 기지 입구는 난장판이었다.

검정색 세단 한 대가 부아앙 소리를 내며 다가오자, 대기하던 취재진과 시위대가 끈끈히 뒤섞여 불나방처럼 몰려들었다. 경찰 병력이 그들을 간신히 막아 냈지만 열기와 분노는 사그라들 기미가 보이지 않았다.

"미군은 장갑차 조종사들을 처벌하라! 처벌하라!"

인파의 성난 함성을 고스란히 담아내던 카메라 앞에서 한 기자가 리포팅을 시작했다.

"미군 장갑차에 치여 숨진 여중생의 죽음에 대해 주한 미군은 오늘 오전 매우 유감스럽다는 공식 입장문을 내놓았습니다."

그때 게이트가 열리자, 검정 세단은 미군 기지로 서행하며 진입했다. 뒷좌석에 앉아 있던 두 명의 미군이 카메라 플래시를 피해 고개를 돌렸다.

그 광경을 등지고 선 기자는 계속 설명을 이어 갔다.

"그러나 장갑차를 조종했던 미군 두 명의 처벌에 대해서는 계속 침묵으로 일관하고 있는데요."

그때 세단의 뒷좌석 창문으로 계란들이 날아와 터지기 시작했다.

"이 여파로 인해 때아닌 반미 감정은 더욱 거세질 것으로……."

기자의 날 선 목소리가 라디오 스피커에서 이어졌다.

"전문가들은 예측하고 있습니다."

휴대용 라디오를 끈 석 중령의 얼굴이 암담했다. 참으로 오랜만에 입안이 텁텁해지는 터라 그는 결국 참지 못하고 윤 소령을 돌아보며 말했다.

"담배 있으면 하나 줘 봐."

그사이 강물은 예측보다 더 빠른 속도로 아이들의 어깨를 넘어섰다.

소원은 퍼렇게 질려 추위에 덜덜 떨고 있었고, 막둥이는 흐릿한 물속만 계속 들여다보고 있었다.

“누나, 조금만 기다려. 내가 물고기 날래 잡아 줄게. 알았지?”

물에 젖어 축 처진 그의 판다곰 인형은 이제 꽤나 불편해 보였다.

“……. 물고기 같은 건 없어, 막둥아.”

소원의 목소리는 점점 힘이 빠져 갔다.

그때, “부아아앙!” 하며 허공을 가르는 엔진 소리에 막둥이가 놀라서 고개를 획 들었다.

“어? 저 아저씨들 오는데, 누나?”

소원이 굳어 버린 목을 겨우 돌려 뒤를 봤다.

석 중령은 마치 해적선의 선장처럼 뱃머리에 위풍당당히 앉아 있었다. 윤 소령과 부하들을 구겨 태운 고무 보트는 모터의 힘을 빌려 아이들을 향해 신속히 돌진했다.

"우리 데리러 오는거 맞지?"

막둥이가 희망을 가득 안고 말했다. 그 순간, 반대편에서도 거센 진동음이 들려왔다.

로 상좌, 하 과장, 리 대위, 그리고 전투 병사들까지 태운 작은 고속 단정이 무슨 군함이라도 되는 듯 근엄하게 아이들을 향해 접근해 오고 있었다.

"돼거. 이거이 또 시끄러워지겠는데?"

막둥이가 이제 생각만 해도 지긋지긋한 듯 혀를 내둘렀다. 그러나 소원은 더 이상 반응할 기력조차 떨어져 그저 낙엽처럼 덜덜 떨기만 했다.

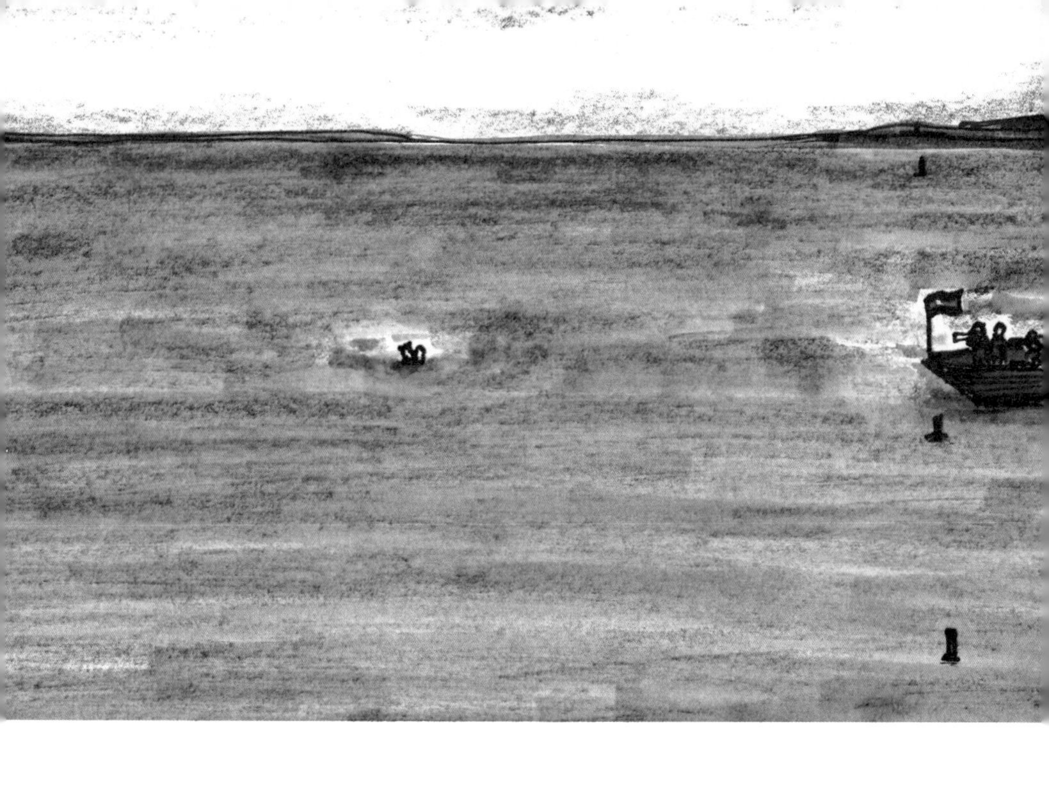

그렇게 우렁차게 달려온 남과 북의 배들이 할 수 있는 최선이라고는 고작 한계선이 표시된 쉿대 앞에서 시동을 끄고 대기하는 것뿐이었다. 그들 사이에서 어중간하게 낀 막둥이와 소원의 불안감은 계속해서 차오르는 물만큼이나 깊어졌만 갔다.

"삐익!"

로 상좌의 휴대용 확성기가 먼저 침묵을 깼다.

"경고한다. 경고한다. 남조선은 퇴각하라. 니들 지금 남방 한계선에 너무 달라붙어 있어. 퇴각하지 않으면 발포한다."

"아! 아! 마이크 테스트. 원, 투."

석 중령의 딱딱한 음성이 지직거리며 메가폰에서 흘러나왔다.

"경고한다. 경고한다. 북한은 퇴각하라. 니들도 북방 한계선에 너무 붙어 있어. 당장 퇴각하지 않으면 우리도 발포하겠다."

이들을 번갈아 보던 막둥이가 물었다.

"누나, 저 아저씨들은 왜 둘이 똑같은 말을 계속하고 있나?"

지쳐서 눈이 반쯤 감긴 소원이 기어드는 목소리로 답했다.

"앵무새 놀이를 하는가 보지, 뭐……."

"응?"

"니도 맨날 내 따라 했잖아."

그 소리에 막둥이가 피식 웃었다.

"누나, 근데……."

그는 젖은 인형을 쓰고 있기가 힘든지 얼굴을 또다시 긁어 댔다.

"이거 인차 벗고 있으면 안 돼? 돼거. 너무 가렵고 무거워서."

"그래, 이제 그만 벗자 막둥아……."

그러자 막둥이는 기다렸다는 듯 인형을 쑤욱 잡아당기더니 이제 더는 보기도 싫다는 듯 집어 던졌다. 순식간에 빈껍데기로 전락한 판다곰 인형은 그렇게 물결을 따라 둥둥 떠내려갔다. 서글픈 마지막을 보면서 소원은 막둥이를 더욱 꼭 끌어안았다.

한편, 망원경을 통해 막둥이의 검은 얼굴을 처음 확인한 로 상좌가 고개를 갸우뚱했다.

"뭐야, 저거이 깜대 새끼네?"

옆에서 하 과장이 오히려 흐뭇해하며 답했다.

"예, 동지. 그러니 우린 한배를 탄 거나 매한가지 아니겠습니까."

"무슨 소리라. 한배를 타다니."

"저 깜대 새끼를 저도 7년이나 걸려서 겨우 찾아냈는데 어젯밤에 역전에서 그만 놓쳐 버렸지, 뭡니까."

하 과장이 조용히 듣고 있는 로 상좌를 향해 설명을 이어 갔다.

"외람된 말씀입니다만 동지께서도 지금 이 사태가 상부에 보고되면 경계작전에 실패했다고 엄하게 질책을 받으실 게 뻔한데, 그런 의미에서 보면 우리 둘 다 같은 처지에 놓인 거나 다름없지 않겠습니까."

"그래서 어쩌자는 거이, 지금?"

불쾌해진 로 상좌가 질문하자 하 과장은 히죽거리며 답했다.

"만약 우리가 갖지 못할 거면 빼앗기지도 말아야 한다고 생각합니다. 근데 저 아새끼들 둘 다 저래 자연스럽게 사고가 터져 없어져 준다면 차라리 다행이지 않겠습니까, 동지?"

그러자 고뇌에 찬 로 상좌의 눈빛이 덩달아 서늘해졌다.

같은 시각, 망원경을 내려놓는 석 중령도 어리둥절했다.

"뭐야, 저 곰돌이는 북한 애가 아닌데?"

옆에서 망원경으로 곰곰히 주시하던 윤 소령이 입을 열었다.

"아무래도 어떤 특별한 존재가 아닐까 하는 생각이 듭니다, 대대장님……."

"특별한 존재라니?"

“예, 뭐 월북한 미군 탈영병의 아들이라던가…… 아니면 해외용 첩보원으로 양성 중에 탈출한 외국 아이라던가.”

석 중령이 진지하게 고개를 끄덕이더니 동조했다.

“음…… 그래서 저렇게 쉽게 포기를 안 하는 거구만, 저쪽도.”

“예. 그런데 어차피 상황이 이렇게 된 이상 자칫 폭발로 이어졌다가는 둘 다 놓칠 가능성이 높습니다. 그렇게 될 바에는 차라리 하나라도 살리는 게 상책일 것 같지 않습니까, 대대장님?”

“어떻게?”

“여자아이를 먼저 유인해 보는 게 어떨지…….”

석 중령은 구름 떼처럼 몰려오는 고민에 턱을 매만졌다.

강물이 벌써 아이들의 뺨까지 차올랐다. 소원이는 저체온증으로 의식이 혼미해져 갔지만 끝가지 막둥이의 몸을 꾹 안고 놓지 않았다.

“누나, 괜찮아?”

“으응…….”

그러나 소원의 머리는 무겁게 물속으로 기울었다.

“누나!”

막둥이가 소원의 얼굴을 두 손으로 힘껏 들춰 올렸다.

“누나, 배고프지? 지금 제일로 뭐 먹고 싶나?”

누나의 의식이 사라지지 않도록 막둥이가 질문을 이어 갔다.

“응? 뭐 먹고 싶어? 물고기?”

눈이 감긴 소원은 대답이 없었다.

"그럼…… 메뚜기구이?"

"아니……."

소원이 간신히 속삭였다. 그마저도 다행이라는 듯 막둥이는 신나서 계속 물었다.

"그럼, 쥐고기?"

"아니……."

"그럼 뭐 먹고 싶나, 누나? 응?"

소원의 새파랗게 변한 입술이 파르르 떨렸다.

"……. 주……."

"뭐라구?"

"죽……."

"할머니 죽?"

소원은 고개를 끄덕이는 대신 스르륵 물속으로 가라앉았다. 놀란 막둥이가 혼신의 힘으로 그녀를 붙잡았다.

"안 돼, 누나! 자면 안 된다구!"

막둥이의 절규에 가까운 외침에도 소원은 더 이상 반응이 없었다. 다급해진 막둥이는 뭐라도 해야만 했다.

"누나, 내 노래 불러 줄까?"

소원이가 아예 미동도 않자 막둥이의 동그란 눈망울에서 처음으로 눈물이 맺히기 시작했다.

"삐익!"

이를 지켜보던 석 중령이 메가폰을 들고 외쳤다.

"여자아이는 잘 들어라. 남자애는 우리가 곧 구출할 테니까 너부터 먼저 아저씨한테 헤엄쳐 와! 응? 할 수 있겠어?"

곧이어 뒤질세라 로 상좌도 확성기를 들고 끼어들었다.

"그거이 안 돼! 쟤들 말 듣지 말고 둘이 꼭 같이 붙어 있어. 우리가 동무들 둘 다 구출해 줄 테니까네. 알겠지?"

그때, 시끄러운 틈을 타고 갑자기 울부짖는 듯한 노랫소리가 흘러나왔다.

"얼마나 아파해야……."

어른들은 모두 멈칫하며 막둥이를 바라봤다.

일렁이는 수면 밖으로 고개를 내민 막둥이가 죽어 가는 누나를 끌어안은 채 허공을 향해 간절히 노랫말을 내뱉었다.

“우리 작은 소원 이뤄질까.”

어젯밤 확성기 탑 아래에서 들었던 곡이었다. 누나를 힐끔 보는 막둥이의 눈빛은 젖었지만 그래도 당당했다.

“그런 슬픈 표정 하지 말아요. 난 포기하지 않아요…….”

서글픈 노랫소리에 소원이 눈을 슬며시 떴다. 조용해진 강가는 이제 막둥이의 간절한 호소로 물들어 있었다.

"그대도 우리들의 만남에 후횐 없겠죠."

석 중령과 로 상좌도 각자의 진영에서 침묵하며 아이들을 바라봤다.

"어렵고 또 험한 길을 걸어도 나는 그대를 사랑……."

그러나 마지막 한 소절을 채 끝내기도 전에 매정한 강물은 소원과 막둥이를 꿀꺽 삼켜 버렸다.

나무 뒤에 숨어 모든 상황을 주시하고 있던 브로커는 물속으로 사라진 아이들을 보며 홀로 탄식했다.

물속에서 소원과 막둥이는 서로를 뻐끔뻐끔 쳐다봤다. 그때, 그들 사이로 물고기 한마리가 나타나더니 방긋 인사를 했다. 막둥이도 물고기를 바라보며 환하게 웃었다. 그리고 그의 작은 발이 목함 지뢰에서부터 부웅 떠올랐다.

"콰광!"

마치 분수가 치솟듯 폭발이 일어났다. 석 중령은 허망한 표정으로 강물에서 눈을 떼지 못했다.

로 상좌도 선뜻 뱃머리를 돌리라 지시하지 못하고 멍하니 서 있었다. 그러나 옆으로 다가온 하 과장은 안도하듯 귓속말을 건넸다.

"수고하셨습니다, 동지. 이번 고비는 우리 둘 다 무사히 넘긴 것 같습니다."

로 상좌가 그의 매정함에 질려버린 듯 시선을 피했다. 그때, 뒤에서 리 대위가 강물을 향해 소리쳤다.

"동지, 보십쇼! 살았습니다!"

“허억!”

물 밖으로 허덕이며 내미는 소원의 소매가 검붉은 핏물로 흥건했다.

“여기야! 이리로 헤엄쳐!”

흥분한 석 중령이 메가폰도 없이 목이 쉬도록 외쳤다. 뒤에서 다급해진 윤 소령도 헐레벌떡 구명 벨트의 로프를 풀면서 던질 준비를 했다.

소원은 시야가 침침했지만 계속 떠 있기 위해 몸부림쳤다.

“하푸! 하푸!”

머리통이 깨질 것처럼 춥고 온몸이 뜯겨 나갈 것같이 아팠지만 앞으로 나아가야만 했다. 강물 어딘가에 막둥이가 자신처럼 떠 있을 거라는 희망이 남아 있었기에 무조건 살아야만 했다. 그렇게 팔과 다리를 막무가내로 휘저으며 물살을 악착같이 뚫었다.

석 중령이 마치 투포환을 던지듯 소원에게 구명 벨트를 던졌다.

"이걸 잡아!"

벨트는 기특하게도 소원이가 닿을 만한 거리에 떨어졌다. 소원은 없는 힘까지 악 물고 쥐어짰다.

구명 벨트를 끝내 잡아 내는 소원의 모습에 하 과장이 기겁했다. 더는 봐줄 수 없다는 듯 그는 바로 뒤에 있던 병사의 소총을 획 낚아채더니 잔혹하게도 소원의 머리를 향해 조준했다.

"너, 미친 기야?"

참다못한 로 상좌가 옆에서 하 과장의 허리를 구둣발로 빡 후려갈겼다. 그러자 그의 깡마른 몸이 물속으로 풍덩 곤두박질쳤다.

"흐악!"

물속에서 허우적대는 하 과장의 눈웃음기 싹 가신 얼굴은 볼품없고 나약했다.

"살려 주시요, 동지! 저 수영 못 합니다!"

때마침, 우중충한 구름 사이로 유엔 헬기가 늦게나마 모습을 드러냈다. 달갑지 않은 등장에 로 상좌가 리 대위에게 서둘러 지시했다.

"가자. 뱃머리 돌려."

북측의 고속 단정이 유턴을 하며 강기슭으로 회항했다. 허우적대는 하 과장은 물살에 그대로 남겨둔 채로.

"더 당겨!"

석 중령과 윤 소령, 그리고 부하들까지 모두 로프를 당긴 덕분에 소원은 빨려 오듯 금세 가까워졌다. 그러는 동안에도 소원은 쉼 없이 강물을 두리번거렸다. 하지만 막둥이의 흔적은 그 어디에도 보이지 않았다. 오직 판다곰 인형만 저 멀리서 넘실거리며 멀어져 갔다.

***

정확히 30년 만이었다.

그녀가 강화도의 갯벌을 다시 찾은 것은.

마흔을 훌쩍 넘긴 소원은 이제 캐나다 국적의 시민이 되어 돌아왔다.

그녀와 동행한 영국인 외신 기자가 소원에게 다가오며 나긋한 영어로 물었다.

“어떠세요? 이렇게 다시 와서 보니까.”

소원은 선뜻 무슨 말을 해야 할지 알 수 없었다. 기억의 저 밑바닥 속에는 너무도 아득하고 희미해진 잔상들만 남아 있었다. 마치 허물만 남기고 떠나 버린 매미처럼.

“미안한 마음뿐입니다.”

소원이 나지막이 말했다.

“더 잘 사는 모습을 보여 주고 싶었는데…….”

“원망하나요? 가족을 그토록 극단적으로 내몰았던 저곳을 말입니다.”

“아니요.”

소원의 뜻밖의 대답에 기자는 말없이 그녀를 쳐다봤다.

“원망하지 않아요. 그 누구도.”

소원은 매정히 차오르는 강물을 주시하며 담백하게 말을 이어 갔다.

"다들 살기 위해 그저 발버둥친 것뿐이니까."

더 이상 말이 없어진 소원에게 추가 질문을 더 하려던 찰나, 기자의 폰이 진동했다.

"죄송합니다. 본사네요."

잠시 혼자 남겨진 소원은 생각했다. 할머니에 대해, 그리고 막둥이에 대해. 그때, 휘익 바람을 타고 무언가가 그녀의 귓가에 속삭였다. 신기하게도 그 소리는 마치 더 이상 붙잡지 않아도 된다고 말해 주는 것 같았다. 이제는 놔줘도 된다고. 그렇게 해 주는 게 그들을 위한 마지막 도리라고.

이내 소원은 강물을 향해 작별하듯 마지막 몇 마디를 기억만큼이나 빛바랜 모국어로 흘려보냈다.

"막둥아, 할머니……. 잘 가. 그리고 고맙습니다."

THE SINGING ROAD

THE
SINGING
ROAD